共和国故事

常备不懈
——新中国建国之初的军事演习

陈忠杰 编写

吉林出版集团股份有限公司

图书在版编目（CIP）数据

常备不懈：新中国建国之初的军事演习/陈忠杰编. —

长春：吉林出版集团股份有限公司，2009.12

（共和国故事）

ISBN 978-7-5463-1866-0

Ⅰ.①常… Ⅱ.①陈… Ⅲ.①纪实文学-中国-当代 Ⅳ.①I25

中国版本图书馆CIP数据核字（2009）第237690号

常备不懈——新中国建国之初的军事演习

CHANGBEI BUXIE　　XIN ZHONGGUO JIANGUO ZHI CHU DE JUNSHI YANXI

编写	陈忠杰		
责任编辑	祖航　林丽		
出版发行	吉林出版集团股份有限公司		
印刷	三河市嵩川印刷有限公司		
版次	2010年1月第1版		2022年1月第8次印刷
开本	710mm×1000mm　1/16	印张 8	字数 69千
书号	ISBN 978-7-5463-1866-0	定价	29.80元
社址	吉林省长春市福祉大路5788号		
电话	0431-81629968		
电子邮箱	tuzi8818@126.com		

版权所有　翻印必究

如有印装质量问题，请寄本社退换

前　言

自1949年10月1日中华人民共和国成立至今，新中国已走过了60年的风雨历程。历史是一面镜子，我们可以从多视角、多侧面对其进行解读。然而有一点是可以肯定的，那就是，半个多世纪以来，在中国共产党的领导下，中国的政治、经济、军事、外交、文化、教育、科技、社会、民生等领域，都发生了深刻的变化，中国人民站起来了，中华民族已屹立于世界民族之林。

60年是短暂的，但这60年带给中国的却是极不平凡的。60年的神州大地经历了沧桑巨变。从开国大典到60年国庆盛典，从经济战线上的三大战役到经济总量居世界第三位，从对农业、手工业、资本主义工商业的三大改造到社会主义市场经济体制的基本确立，从宜将剩勇追穷寇到建立了强大的国防军，从废除一切不平等条约到独立自主的和平外交政策，从"双百"方针到体制改革后的文化事业欣欣向荣，从扫除文盲到实施科教兴国战略建设新型国家，从翻身解放到实现小康社会，凡此种种，中国人民在每个领域无不留下发展的足迹，写就不朽的诗篇。

60年的时间在历史的长河中可谓沧海一粟。其间究竟发生了些什么，怎样发生的，过程怎样，结果如何，却非人人都清楚知道的。对此，亲身经历者或可鲜活如昨，但对后来者来说却可能只是一个概念，对某段历史的记忆影像或不存在，或是模糊的。基于此，为了让年轻人，特别是青少年永远铭记共和国这段不朽的历史，我们推出了这套《共和国故事》。

《共和国故事》虽为故事，但却与戏说无关，我们不过是想借助通俗、富于感染力的文字记录这段历史。在丛书的谋篇布局上，我们尽量选取各个时代具有代表性或深具普遍意义的若干事件加以叙述，使其能反映共和国发展的全景和脉络。为了使题目的设置不至于因大而空，我们着眼于每一重大历史事件的缘起、过程、结局、时间、地点、人物等，抓住点滴和些许小事，力求通透。

历史是复杂的，事态的发展因素也是多方面的。由于叙述者的视角、文化构成不同，对事件的认知或有不足，但这不会影响我们对整个历史事件的判断和思考，至于它能否清晰地表达出我们编辑这套书的本意，那只能交给读者去评判了。

这套丛书可谓是一部书写红色记忆的读物，它对于了解共和国的历史、中国共产党的英明领导和中国人民的伟大实践都是不可或缺的。同时，这套丛书又是一套普及性读物，既针对重点阅读人群，也适宜在全民中推广。相信它必将在我国开展的全民阅读活动中发挥大的作用，成为装备中小学图书馆、农家书屋、社区书屋、机关及企事业单位职工图书室、连队图书室等的重点选择对象。

编　者
2010年1月

目录

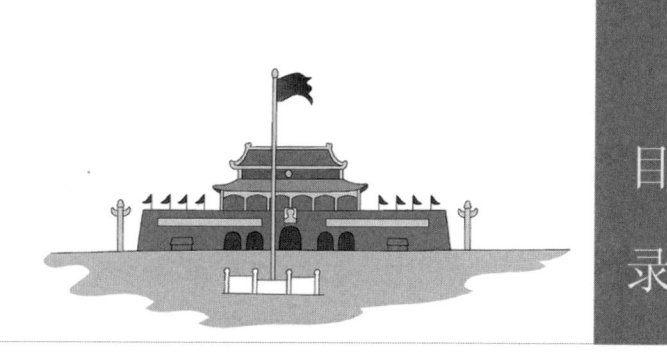

一、辽东半岛军事演习

  毛泽东批准叶剑英军演报告/002

  中央军委组织强大导演部/005

  中央领导到辽东观看军演/008

  中央领导在大顶子山观看演习/012

  叶剑英作抗登陆演习讲评/017

  中央领导登上潜艇视察/021

二、穿山半岛军事演习

  东海舰队司令传达演习命令/026

  演习指挥所组织战前训练/029

  各演习单位完成任务配置/034

  制订两天实施的演习计划/037

  召开登陆战役演习总结大会/040

三、华北地区军事演习

  叶剑英指示组织反坦克训练/044

  粟裕提出打坦克集群建议/049

  北京军区举行打坦克实兵演习/053

  集宁部队演练阻滞坦克进攻战术/056

目录

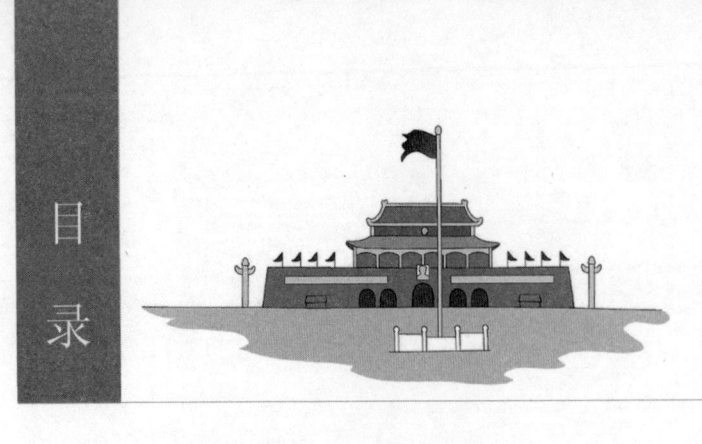

叶剑英接见演习部队代表/066

全军开展以打坦克为重点的训练/071

军事演习带动武器研制热潮/077

四、海南岛抗登陆演习

军委下达陆海空演习命令/084

参演部队加紧演习前的训练/088

在电影屏幕上再现演习场面/091

五、全军加强军事演练

济南部队抓紧进行军事训练/096

北京部队开展各式军事演练/100

昆明等部队总结演习经验/104

沈阳等地狠抓民兵军事训练/111

襄阳特功团进行山区演习/115

一、辽东半岛军事演习

- 萧劲光的话刚刚说完,只听轰隆一声,一个大火球腾空而起。接着,蘑菇状云冲上天空。

- 邓小平点点头说:"那就好,随着国民经济的发展,部队的生活条件会逐步得到改善和提高的。"

- 叶剑英说:"我们要进行一场军演,使我们的军队真正走向现代化!"

毛泽东批准叶剑英军演报告

1955 年 4 月,叶剑英在一次会议上说:

我军的战斗训练应该在现代——原子时代条件下进行。

……………

未来战争一旦爆发,可以预想,我们必然要在敌人的逼迫下,在原子弹、导弹、氢弹、化学、细菌等新武器的威胁下进行战争。自然,必须训练我们的军队学会在新的武器情况下战斗的本领,否则落后就会挨打。

叶剑英接着说:

所以,我们要进行一场军演,使我们的军队真正走向现代化!

1955 年 4 月,叶剑英被任命为中国人民解放军训练总监部代部长,主持全军的军事训练工作。他还担任了武装力量监察部部长的职务。

军队在和平时期最中心的工作就是训练。叶剑英以他广博的知识和才能，领导全军开展军事训练。

那时，我军建设刚步入一个新的历史时期，实际工作中提出了不少新问题，甚至引起了许多争论，最突出的问题之一是：在现代条件下进行训练，还是在一般条件下训练。

1955年7月，叶剑英把有关在辽东半岛组织一次大型演习的想法报告给毛泽东后，很快得到了批准。

新中国成立后，中国面临着核武器、化学武器和帝国主义沿海登陆的"三大威胁"。

自从1945年8月6日美军的"B-29"型轰炸机在日本广岛投下了一枚代号"小男孩"的原子弹，造成20万人伤亡后，世界就面临着核武器的威胁。

很显然，现代战争不可能回避核武器，中国也不可能回避核武器。中国领导人在筹划发展核武器的同时，也开始关注解放军在核条件下的作战研究。

中国曾是世界上最大的化学武器受害国。抗日战争中，日军疯狂使用化学武器，攻击达2000余次，遍及中国18个省，造成中国军民伤亡8万多人。

1953年朝鲜战争结束后，我国的威胁主要来自海上，海防成为国防的重点。在这种情况下，加强抗登陆作战理论研究，建立我军的抗登陆作战理论体系，并用以指导战争的准备情况，就显得极为必要和紧迫。

新中国面临的第三大威胁是沿海登陆。岛屿是通向陆地的门户，从军事角度看，岛屿是防范外敌入侵的第一道安全屏障。在海洋上存在着敌对势力威胁的国家，岛屿的防卫很重要。

辽东半岛在中国东北，东与朝鲜隔海相望，南与山东半岛相对，将渤海湾环抱其中，成为守卫华北、东北、北京的重要门户。

为筹备这次军事演习，叶剑英投入了大量的精力，审定整个演习方案。

1955年6月，他去辽东地区实地为演习做准备。

由于准备工作繁忙，叶剑英甚至没有参加1955年9月在中南海怀仁堂举行的元帅军衔授予仪式。

中央军委组织强大导演部

为了搞好这次军事演习，中央军委首先组织了一个阵容强大的导演部，由叶剑英元帅担任演习总导演，粟裕、陈赓、沈阳军区司令员邓华、解放军训练总监部副部长萧克等人担任副总导演……并成立相应的军兵种导演机构。

辽东半岛军事演习是新中国成立以后中国人民解放军首次陆海空三军联合军事演习。参加辽东军事演习的陆军主力是沈阳军区的第三兵团，包括第三十八军、三十九军、六十四军。

这些部队不仅在朝鲜同美军交过手，参加过朝鲜反登陆作战准备，而且回国后在诸兵种合成作战训练方面，成绩也非常出色。

参加演习的部队共有 4.8 万余人，飞机 262 架，舰艇 65 艘，坦克和自行火炮 1000 余辆……这么多的现代化武器，让在场的中央领导露出欣慰的笑容，他们看到了日益强大的中国军队。

这次演习设想敌人"蓝军"在濒临中国的西太平洋重要地区、港口、机场集结了陆、海、空军重兵集团，准备同时向辽东半岛和胶东半岛实施大规模联合登陆战役，而以辽东半岛为主要登陆突击方向。

"蓝军"的目的是攻占战役登陆场，夺取中国渤海沿岸重要港口，开辟陆上战线，进而向北京方向进攻。

面对"入侵者"，"红军"一个集团军，在海军、空军协同下，担任辽东半岛主要方向上的海岸防御任务。

"红军"集团军首长司令部按照组织战役的工作程序，主要演练快速战役准备、组织兵力火力，抗击"蓝军"登陆兵上陆，实施反突击和配合方面军第二梯队反突击、集团军第二梯队和预备队向主要方向机动等内容。

在如何设置打击"蓝军"的最佳时机上，导演指挥部与指导演习的苏军专家产生了不同的看法。

苏联军事专家说："抗登陆战役要针对登陆战役的集中、上船、航渡、展开、换乘、上陆各个阶段，对敌人实施一系列打击。"

叶剑英则说："根据我军海军、空军力量情况，不可能在各个阶段都实施打击。"

后来，根据苏联专家经验和解放军的实际情况，采取了在"敌人"航渡中途进行强大火力打击的"半渡击"和在"敌人"刚刚登陆时的"背水击"。

此刻，在军演指挥室里，既不是"红军"指挥部，也不是"蓝军"司令部。在这个宽敞的大厅里，墙上挂满了显示"红、蓝"两军作战的地图。一个大沙盘上，有褐色的半岛、蓝色的海洋，摆上了各式各样的兵棋，参谋人员紧张地处置着各种情况。

这次演习是一次对现代核化条件下作战和训练经验

的探索，是用形象的方法来训练指挥员和部队的形式。演习的成功与失败，导演部起着关键的作用。

组织指导好这次演习，要求导演部的导演们不仅要熟悉"红军"的情况，更要对"蓝军"的作战思想、作战理论、行动方式、作战手段和特点了如指掌。还必须对未来战争和各种可能情况进行深入的研究，对诸军兵种运用自如。

尽管这些总导演们曾在历次战争中指挥过若干重大战役、具有丰富的战争经验和军事理论素质，但是，他们仍对演习的方方面面进行了认真的准备和研究。

在叶剑英的主持下，导演部多次进入演习地进行勘察，在演习前长达3个多月的准备阶段中，进行了方案编写、场地准备，安排人员和演习部队的训练，还组织进行各项物资保障工作。

为使演习顺利进行，导演部对演习立案进行了10余次的研究。当时，导演部既当"红军"，又当"蓝军"，在图上和沙盘上进行了反复预演。

经过认真准备，由叶剑英导演的一幕生动逼真的战争演习，即辽东半岛抗登陆演习马上就要开始……

中央领导到辽东观看军演

1955年11月3日，中央和军委领导兴致勃勃地来观看辽东军事演习，准备登上海上编队指挥舰"鞍山"号驱逐舰观摩表演。

"鞍山"舰全体官兵穿着整洁的军服，等待各位首长的到来。领导乘坐的交通艇离驱逐舰还有2链时，驱逐舰上19响的礼炮清脆地响了起来，交通艇靠在了驱逐舰的左舷。

搭好跳板后，一位军官请首长登舰。彭德怀对刘少奇说："委员长，请登舰吧。"

刘少奇笑了笑说道："你是国防部长，理应是你打头啦。"

彭德怀也笑了，他说："委员长发话，我可恭敬不如从命了啦。"

彭德怀说完，就先行一步登上了驱逐舰。

随后，在海军司令员萧劲光、副司令员王宏坤、海军副政委苏振华的陪同下，刘少奇、邓小平、叶剑英、贺龙、陈毅、聂荣臻、罗瑞卿和各军兵种的首长，也分别登上了"鞍山"舰。

演习开始，茫茫的海面上袭来凉凉的风，解放军舰艇编队气势宏伟，稳稳地停靠在各自的位置上。有很多领导还是第一次坐着军舰来到海上，觉得很自豪。

过了一会儿，锚泊在距"鞍山"舰不远的"抚顺"舰发来信号报告：

> 参观演习的苏联、朝鲜、越南、蒙古等国家的军事代表团已经登上"抚顺"舰。

收到报告后，编队指挥员命令：

> 出发！

"鞍山"舰和"抚顺"舰起锚后，组成单纵队高速向演习地点驶去。

驱逐舰大队长兼"鞍山"舰舰长命令信号兵升起演习开始的旗号。顷刻间，三颗红色信号弹出现在空中，各舰都进入一级战斗准备，演习正式开始。

这时，从西北方向飞来了10多架战斗机，轰鸣着从编队上空掠过，空军司令员刘亚楼转过身向刘少奇等首长指点着。

紧接着，一批大型轰炸机在预定的海面投下了数颗鱼雷和炸弹，远处立时腾起一股股水柱。舰艇上主炮齐鸣，演习海域一片硝烟。

正在这时候，萧劲光司令员用手指着远处的一个山头说："在那里我们马上就要模拟原子弹爆炸。"

萧劲光的话刚刚说完,只听"轰隆"一声,一个大火球腾空而起。接着,蘑菇状云冲上天空。

登陆开始了,数艘登陆艇和水陆两栖坦克向滩头插去。来观看表演的领导都是从战争的硝烟中走过来的,他们南征北战多年,但三军立体化的作战却从没有经历过。看着如此现代化的军事演习,这些中央领导显得特别兴奋,拿着望远镜仔细看着。

此刻,"红军"的海岸炮兵向"蓝军"的登陆舰猛烈轰击,"红军"的装甲部队在数百架战机的掩护下,向"蓝军"登陆部队实施近海打击和反冲击。

"红军"集团军第二梯队迅速向前机动,对"蓝军"实施了航空兵火力准备,反突击部队发起冲击,歼灭了登陆的"蓝军"。

突然,警报器拉响,"蓝军"在"红军"的后方实施空降,"敌人"在空军的掩护下继续登陆,并且占据了军事要点。

"红军"反空降部队迅速出动,杀入了"敌阵",很快就围歼"蓝军"的空降兵……

演习结束后,彭德怀、叶剑英、贺龙、陈毅等首长亲自接见了演习部队。

彭德怀笑呵呵地对伞兵说:"你们空降兵演习是'蓝军',而实际上是'红军',演得很好,得到各社会主义国家军事代表团的高度赞扬,为人民解放军争了光,你们要努力,把空降兵建设得更好。"

陈毅也沉浸在喜悦之中,他对萧劲光说:"你这个海军司令员可过足瘾了呀。"

贺龙也感叹地说:"几年的工夫,我们的海军成长很快。"

陈毅又说道:"4艘驱逐舰太少了,再说都是外国货,将来我们要自己造,而且要多造一些。"

萧劲光点点头说:"是呀,各位首长,比起国外的海军,我们还需继续努力啊。"

中央领导在大顶子山观看演习

1955年11月8日,刘少奇、周恩来、邓小平、彭德怀、贺龙、陈毅、聂荣臻等中央领导又来到原辽宁新金县大顶子山观看演习。

邓小平站在周恩来的旁边,他手举望远镜,看着海面上的准备情况。看了一会儿,邓小平又坐下来和聂荣臻一起察看、研究地图,交换彼此的意见。

6时30分,随着几发信号弹腾空而起,徘徊在近海海面上的"蓝军"军舰突然展开战斗队形,向西海岸诸岛屿逼近。

与此同时,"敌人"轰炸机在歼击机掩护下,在近海上空多梯次、大编队扑向半岛上空。"红军"集中优势兵力掩护重要目标上空安全,对"蓝军"飞机进行层层拦截,高射炮兵在主要目标上空形成一道道火网。

"红军"和"蓝军"展开激烈的战斗,炮声、马达声、爆炸声响成一片……

这时,一份份情况通报、一道道作战命令传到各参演指挥部。各级指挥员如同置身于现代化条件下的新的战场上,好像听见了战斗机群的轰鸣、舰炮的吼号、原子弹震天动地的爆炸声。

过了一会儿,"蓝军"各登陆舰(船)向岛岸接近,强大机群和舰艇向陆岸实施航空和舰炮火力准备,并继续使用了核炸弹突袭"红军"。

"蓝军"登陆部队利用火力突击效果,从主要地段向岛岸发起登陆战斗,后续部队借助海空优势,以密集的船队快速向岛岸逼近。

"红军"面对"蓝军"强大的陆、海、空联合突击,依靠地利人和的优势,以现有兵力、火力和"敌人"展开激烈的交战。

部分陆、海、空实兵充当"红""蓝"双方,在军舰、地面目标的突击,高炮对空射击中,都使用了实兵实弹。

在"交战"中,"蓝军"不惜一切代价连续地、多波次地向陆岸冲击,试图扩大登陆场。而"红军"则坚决守卫每一寸海岸。

在抗登陆作战中,双方都把夺取制空权看作是制胜的关键。为此,"红军"将航空兵主要兵力集中使用,同"蓝军"展开了制空权的争夺。

在海岸上,炮声连连,双方步兵展开了殊死搏斗;在海面上空,"蓝军"飞机向海面俯冲突击,航空炸弹炸起冲天水柱。

面对"敌人"的进攻,"红军"前线航空兵、海军航空兵集中优势兵力,向"蓝军"登陆点、输送船队实施了强大的火力反击。

在一个高地搭起的参观台上,应邀观摩的苏联、蒙古、朝鲜、越南四国代表，也拿着望远镜看着，并不住地点头微笑。

一个外国人说："中国人民解放军部队组织有序，行动协调一致！"

还有的说："人民解放军炮兵射击准确，精彩逼真、规模宏大啊！"

这个时候，刘少奇、周恩来、邓小平、彭德怀、贺龙、陈毅、聂荣臻等人望着远方的海面和天空，认真看着，时而交流一下。

演习现场的解说员兴奋地说：

大家向……方向看，在我们左前方出现了大批运输航空兵，那是"蓝军"的战术空降部队，他们在其歼击航空兵护送下将在我战术后方进行空降着陆，以便配合其登陆兵进行登陆，占领扩大登陆场……

"蓝军"大型运输机尾部出现一串串白点，过了一会儿，一批批伞兵飘落下来。

担任模拟"蓝军"空降的是人民解放军空军某伞兵教导师。在演习前，伞兵战士与某运输机部队密切配合，进行大编队训练，达到了能熟练执行团编队及海上飞行技能。

在演习中，伞兵部队较好地体现了"蓝军"空降兵的战术动作，为这次演习增添了精彩的场面。

"蓝军"的伞兵还没有落地，"红军"飞机便飞临"蓝军"空降场上空，同"敌机"展开激烈空战。"红军"强击机和轰炸机及炮兵群向"蓝军"空降兵实施了猛烈的火力突击。

随后，"红军"的机械化步兵坦克、装甲战车也出动了，分多路朝"蓝军"空降地域开进，准备对"蓝军"空降兵发起围攻。

在海岸上，抗登陆战斗更加激烈，"红军"强大的轰炸航空兵机群，在歼击机护送下，对"蓝军"登陆兵后续部队实施猛烈的火力突击。

同时，"红军"防御阵地上的坦克、自行火炮，在炮兵火力掩护和强击航空兵的支援下，陆空配合，对"蓝军"发起反攻。

战斗激烈进行着，"蓝军"不断调整部署，并持续增派兵力。"敌人"集中兵力突击主要登陆地段，企图利用原子弹威胁，向纵深"入侵"。

为了制止"蓝军"的继续进攻，"红军"决心实施强有力的反突击。指挥部命令：

"狂风"向××号地区集中射击！

"闪电"向×××号地段拦阻射击！

"冰雹"……"风"……

"红军"炮兵向"蓝军"发起猛烈的炮击,一颗颗炮弹震撼了山谷,有效地阻击了"蓝军"的"入侵"。接着,"红军"轰炸机编队、歼击机编队快速冲向"蓝军"机群,蓝蓝的天空出现一条条白烟带。在地面,机械化部队的坦克、装甲战车沿山谷冲向海岸……

而在海面上,"红军"舰队浩浩荡荡地发起大反攻,一场决战开始了。

"红军"迅速扭转了战局,这个时候,"红军"陆、海、空密切协同,打得"蓝军"难以在陆岸站稳脚跟,"敌人"岸陆首尾不能相顾。

经过一场激烈的战斗,登陆"入侵"的"蓝军"被"红军"部队分割包围,"蓝军"向海岸继续进逼的二梯队只好退向远海。

经激烈决战,"蓝军"向辽东半岛的进攻企图被彻底粉碎,"红军"取得了反登陆的辉煌胜利。

叶剑英作抗登陆演习讲评

在辽东半岛抗登陆军事演习结束后,召开了演习的总结会议。

参加总结会议的除了国防部部长彭德怀,还有参加军事演习观摩的中央领导,各代表团的团长以及参演的官兵代表等。

叶剑英在总结会上作了讲评。叶剑英说:

国防部长同志,各位代表团团长及全体团员同志,请允许我向参加辽东军事演习的全体演员和见习人员作演习的总结讲评。

叶剑英的讲评包括演习课目的说明、军事演习的意义、从战役演习中看出的若干问题三个部分。

叶剑英讲这次演习的课目是:

在使用原子武器和化学武器条件下,在方面军抗登陆战役中主要方向上行动的诸兵种合成集团军。

叶剑英讲这次军事演习的意义时说:

我国大陆海岸线蜿蜒一万几千多公里,百年来帝国主义对我国的侵略战争,主要是从海洋方面进来。

叶剑英从分析我国从鸦片战争开始的近代战争的历史中指出，百余年来，帝国主义列强对我国的入侵，除了沙俄侵略新疆和东北，英军侵略西藏等是从陆上来的以外，从海上来的大小战争达数百次之多。其中具有一定规模的为百余次。

叶剑英告诫说：

那种有海无防造成的历史悲剧，千万不能忘记。

叶剑英指出：

我们研究在新条件下进行战斗、战役新颖样式的同时，要改善军队指挥的组织和保障的方法，并寻找在战斗和战役中最有效的使用新式技术兵器的方法。

此次演习就是在双方使用原子武器与化学武器条件下来组织实施的，这对我军现代化建设是有着重要意义的。

这次讲评中，叶剑英还指出：

> 在新的历史条件下，如果帝国主义想要来侵略我国，首先要克服海洋的障碍，渡过海洋……实行登陆战役。

这是叶剑英鉴于当时的战略环境所做出的极为正确的判断。

20世纪50年代初，国民党退据台澎金马，在美帝国主义支持下，利用其海军对我东南沿海地区进行海上封锁和军事袭扰。

特别是美帝第七舰队驶入台湾海峡，阻挠解放台湾，并在我国周边建立军事基地，从海上对我国实行军事包围。

在这种形势下，防止敌人渡海登陆进攻和最后统一祖国，就成了我军的主要战略任务。中国人民革命武装斗争的主要战场，已历史地从陆上转移到海上。

对此，叶剑英指出：

> 敌人登陆，首先从海上来，我们要积极地抗登陆；解放自己的领土金马台澎，我们要渡海。
> 所以海上的生活，近海的战斗，将成为我们今后战备训练中间的一个主要课题。

叶剑英运用辩证唯物主义观点，既从历史轨迹中，又从现实斗争中，全面分析我国面临的客观情况，在深刻认识战争规律基础上，教导广大官兵努力树立海防观念，加强海上战备，这在国家战略指导上具有极为重要的意义。

中央领导登上潜艇视察

11月9日9时,刘少奇、邓小平一行来到旅顺黄金山脚下的东港码头视察。在基地司令员刘昌毅的陪同下,他们登上了"新中国12号"潜艇。

艇长刘自思、政委张鼎铭向刘少奇等人作简单报告,并带他们下舱视察。进舱后,刘少奇和邓小平兴致勃勃地慰问大家。

邓小平看到战士们衣服穿得很薄,就问:"你们发的衣服、鞋子够不够穿?"

战士们齐声回答:"够穿。"

邓小平点点头说:"那就好,随着国民经济的发展,部队的生活条件会逐步得到改善和提高的。"

接着,邓小平和战士们边握手边问候。在与一个轮机兵握手时,邓小平说:"一听你就是四川人,咱们是老乡噢!"

邓小平用浓厚的四川口音说:"我们四川人当了海军,还上了潜艇,这可是我们四川人的光荣啊!"

邓小平继续说:"要好好学习军事技术,练好保卫祖国的本领。"

刘少奇、邓小平一行最后视察了军官舱。这时,艇政委张鼎铭请两位首长为全艇官兵题词,作为纪念。

刘少奇掏出烟问邓小平："咱们题什么好呢？"

刘昌毅笑着说："潜艇上不能抽烟。"

邓小平插话："规定不能抽就是不能抽哟！"

刘少奇赶忙把烟放进衣兜里说："既然有这个规定，那就不抽了！"

这时，邓小平提议说："就题'按照毛泽东的指示，一定要建立一支强大海军'，怎么样？"

刘少奇说："好，就这么写。"

最后商定由刘少奇执笔，写下了这19个大字。

正要落款时，随行的王光美提醒刘少奇说："你把名字往右点儿写，留个地方给小平同志。"

随后，邓小平在刘少奇名字的下面签下了自己的名字。

11月14日，演习全部结束后，彭德怀来到旅顺口军港登上了"鞍山"舰视察，彭德怀站在指挥台上高声喊道：

同志们好！

战士们齐声回答：

首长好！

彭德怀又高喊：

同志们辛苦了！

大家齐声高呼：

为人民服务！

接着，彭德怀来到水兵身边与他们一一握手，并对战士们亲切地讲道："你们从苏军手中接收旅顺口军港刚刚半年，我相信你们一定能把旅顺口军港保卫好、建设好，不辜负祖国人民的期望。"

水兵们说：

请首长放心，我们一定落实好您的指示，提高警惕，苦练杀敌本领，让祖国人民放心。

一个摄影师拿起相机，选好角度，用镜头把彭德怀与水兵们的风采记录了下来。

后来，彭德怀还走进水兵们的住舱，伸手摸摸战士的被褥潮不潮，到伙房品尝水兵们的饭菜，到阅览室察看他们的文化生活。

彭德怀对舰长和政委说："士兵长期在舰上生活很艰苦，要从细致的小事关心他们，调剂好伙食，丰富战士的文化生活，使他们以舰为家，爱岗敬业，乐于奉献……"

演习的圆满成功，为人民解放军以后组织较大规模的演习取得了丰富的经验。

这次演习在中共中央和中央军委首长正确领导下，经过全体参战同志共同努力，取得了成功，获得了良好的成绩。

通过这次演习，全军指战员对原子武器、化学武器条件下的战争有了形象直观的认识，也有了近似实战的现代战争体验。

此外，这次演习，丰富了指战员在现代战争条件下抗登陆战役的理论和实践知识，提高了高级指挥员和司令部的战役组织指挥能力。

二、穿山半岛军事演习

- 陶勇传达演习作战会议的决定：演习的指挥由南京军区领导，陆军第二十军负责具体组织实施。

- 在场的南京军区司令员许世友上将不禁大叫："海军打得好！"

东海舰队司令传达演习命令

1959年5月23日至24日，南京军区根据中央军委战略方针，在浙江杭州湾穿山半岛地区组织了加强步兵师渡海登陆对垒地域之敌进攻实兵实弹示范性演习。

这次演习是根据总参谋部的指示，由陆、海、空军联合实施的。参加演习的部队有1个军部、1个师另2个步兵团、11个炮兵营、海军东海舰队的舰艇部队和空军航空兵部队等39个建制单位，共2.3万余人。

主要参战兵器有：舰艇265艘、飞机114架、火炮271门、坦克22辆。

演习指挥部以参加演习的陆军军部为主包括海军和空军指挥人员，负责演习的组织和领导，南京军区司令员许世友上将担任演习总指挥。叶剑英元帅和三总部、各大军区、各军兵种、军事院校及苏联军事专家1466人参观了演习。

在此前的1959年3月初，东海舰队陶勇司令员到南京军区参加作战会议后回到上海，分别向舰队领导和机关各部门负责人传达了会议精神。

陶勇司令员指出：

军委、总部决定在舟山地区穿山半岛举行

一次陆海空军登陆战役演习。这次演习,是以解放金门为背景,以检验陆、海、空三军协同作战的训练水平和渡海登陆作战能力为目的,研究解决针对金门防御特点在渡海登陆作战中的组织指挥和一系列战术、技术问题,以便三军统一思想和统一认识。

陶勇传达演习作战会议的决定:

演习的指挥由南京军区领导,陆军第二十军负责具体组织实施。海军直接协同陆军登陆作战的兵力和战役侧翼的海上掩护,由东海舰队派出前指(海军演习指挥所)统一指挥。

舰队党委要求所属机关和部队全力以赴,千方百计完成好参演任务。同时向海军报告,要求把海军仅有的4艘驱逐舰调到东海参演,以显示海军的力量。海军立即批准了这一请求。

3月4日,东海舰队党委发出了关于东海舰队输送加强步兵师渡海登陆演习问题的指示,对参加演习的兵力及各部队担负的任务和集结、训练的时间、地点等作了具体规定;决定并公布了舰队演习指挥所及党委的组成;要求各部队认真搞好演习,搞好和陆军的团结,在参加演习的同时不放松护渔、护航及遂行日常战斗勤务活动。

当时，东海舰队副参谋长王清川担任海军演习指挥所指挥员，东海舰队政治部副主任柴启垠任政治委员，舟山基地副司令员胡绵第任副指挥员兼参谋长，舟山基地政治部副主任韩成林为政治部主任。并组成以柴启垠为书记的演习指挥所临时党委。

敌人如果进犯，首先要从海上来。因此，海上作战，特别是近海作战，很自然地成为我军当时战备训练中的一个主要课题。

而陆、海、空三军联合作战，又是我军最缺乏经验、最难解决的问题，所以要通过实兵演习把三军联合登陆战中的问题逐步求得解决，以便积累知识和经验，提高训练和战备水平，提高部队的实际作战能力。

这次演习主要是为了探讨和提高陆海空三军的海上协同作战能力。整个演习在近似实战的条件下，从装载起航、强渡海峡、突击上陆、抗击反冲击，到围歼核心阵地的"蓝军"，一直以实兵实弹昼夜连续进行。

演习指挥所组织战前训练

1959年，在穿山半岛进行的这次演习规模大，海军参加演习的兵力多，舰艇类型复杂，而且准备时间短，只有50天。加之演习部队还要担负繁重的日常护渔、护航任务，以及气象条件经常变化的限制，实际演习准备时间只有20天。

海军演习指挥所指挥员王清川当时深感责任重大，困难不少，但是由于东海舰队党委、首长和司、政、后机关以及舟山基地全力以赴，大力支持，使他增强了信心。

特别是演习部队强有力的思想政治工作，充分发扬军事民主，调动了广大干部战士的积极性，为顺利地完成演习任务提供了保证。

演习指挥所于1959年4月1日组成，开始设在舟山定海，组织领导参演部队制订计划，进行战前训练。正式演习前一天，演习指挥所转移至金塘。

4月10日前各参演部队在指定地点集结完毕，并进行单兵训练，11日开始海军诸兵种合练。4月下旬进行陆海空三军合同训练。

由于当时海军部队对登陆作战缺乏实战经验，很不熟悉，为了统一渡海登陆作战的战术思想，部队于4月

17日至19日，以3天时间在舟山组织了一次集训，大队以上干部参加，由王清川讲登陆作战理论课。

演习前，训练的中心环节是在单兵训练和海军各兵种合练的基础上，进行陆、海、空军合同训练。

当时，各军种对渡海登陆作战都比较陌生。在协同渡海登陆作战中会遇到一些什么问题，怎样解决这些问题，都必须从敌我双方实际情况和环境条件出发，做出预案，反复演练，做到配合默契，协同密切。

为此，司令部花费了很大精力，掌握了大量敌情资料，经过同陆军多次协调，反复试验，下达了战斗文书。

为了便于演习的组织计划、三军协同动作和统一指挥，必须将演习划分为若干阶段。

通过实兵演练的检验和协商，司令部一致认为划分为四个阶段比较合理。

第一，组织准备阶段：进一步查明敌情，拟制登陆作战计划，筹集和编组登陆器材，组织三军战前训练，特别是三军合练，进行使用各种登陆输送工具和战场准备、围困封锁敌人、破除敌人副防御障碍、预先火力准备等训练。

第二，集结上船装载阶段：按照计划组织兵力集结和上船装载，组织可靠的空中掩护和海上警戒、掩护，继续进行预先火力准备。

第三，强渡海峡和上陆阶段：从空中、水

面和水下保障登陆航海的安全，对登陆地段和纵深进行直接火力支援、保障登陆兵上陆战斗和占领滩头阵地，输送后续梯队上陆扩大阵地。

第四，纵深战斗阶段：继续从海上、空中掩护登陆兵的纵深战斗行动，以炮、空火力摧毁登陆兵前进方向的敌军火力点、障碍和阻敌反冲击、反突击，组织物资弹药的及时补给和后送伤员等。

训练中对各个阶段的全部内容都进行了反复演练，海军着重解决了陆海协同的问题。

在装载阶段，因为登陆器材种类繁多，载运量不同，航速不一，有的载人，有的载炮，每艘（只、辆）上面装多少，怎样装，怎样靠岸、登陆，登陆舰艇、车船的波次、航行的先后顺序等，都是和陆军在一起经过反复演练，不断改进，才定下来，并达到运用、配合熟练的。

破除障碍问题，是个比较复杂的战术问题。

金门从海上、滩头到纵深，配备多层防御障碍，在主要方向上，距海岸3000米至5000米水中布设水雷栅，低潮线上布设"成功雷"，中潮线上设1至4列轨条等，高潮线上设铁丝网、爆炸物等，而这些障碍物都是处在火力网的掩护下，很难接近。

这些障碍能否破除，是登陆战斗成败的关键。

这次演习中使用工兵连乘操机舟实施敌前强行爆破，

原计划开辟 12 条通路，实际只完成了开辟 6 条通路的任务。

实战中在敌军火力下破除障碍是更加困难的。因此，使用工兵敌前强行爆破的方法开辟登陆兵通路，只能适用于破除残存障碍和扩大通路的要求；而对雷、网栅、线障碍的基本破除，必须提前以强大的炮兵、航空火力给予根本性摧毁，甚至在必要时应组织专门的破除战斗，才能达到基本破除障碍的目的。

登陆工具编组，最初有的同志从一般战术原则着眼，主张快速登陆工具用于先头，慢速登陆工具用于后续，认为这样可以提高上陆速度，减少敌前运动时间。

通过演练实践检验，否定了这种意见。因为金门和演习地区的条件是礁石多，航道狭窄，滩头坡度小，泥滩长，如将吨位较大、速度较快的登陆艇用于先头，吨位较小、速度较慢的履带登陆车等用于后续，结果快慢登陆工具互相交叉，队形密集，登陆兵涉水距离长，水深，运动困难，上陆速度反而更慢。且在敌军火力下运动时间长，更易遭敌大量杀伤。

因此，在正式演习时，将慢速度的履带登陆车与速度较快的登陆艇混合编组，慢的用于先头波次，快的用于后续波次，先头波次的登陆兵可以利用履带登陆车的特性迅速通过涉水区和泥滩直接上岸，迅速占领滩头阵地，掩护后续波次登陆，从而提高了登陆兵上陆速度。

在指挥关系上，演习指挥所没有照搬外国军队登陆作战的一般模式，而是从我军的具体情况出发，在上船装载和渡海中的指挥是以海军为主、陆军为辅；而登陆场水警区指挥是以陆军为主、海军为辅。

演练中在上船时机、地点问题上，进行了白天、夜间和有设备、无设备港湾的试验，为了达到战术上的突然性，以营为单位，分散实施，夜间装载。

还有渡海、登陆和纵深战斗中的舰炮火力掩护等，都在演练中得到了较好的解决。并组织了"蓝军"进行海上打援训练。

各演习单位完成任务配置

海军参加演习的兵力,根据敌情和登陆作战的需要,在海军演习指挥所的统辖下,分别编成登陆输送队、扫雷队、舰炮火力支援队和战役掩护队等四个部分。

1959年4月22日前,全部集结到指定位置,登陆输送部队大多在舟山定海及附近港口,扫雷火力掩护部队在面向"敌占岛"的海上。

其编成及任务是:

登陆输送队:由登陆舰第五支队指挥员指挥,下设4个大队。其任务是在地面炮兵、舰艇炮火和航空火力支援下,分别输送和保障陆军第六十师及加强兵力,在穿山半岛算山至沙头地段登陆,以算山至长蕉山地段为主要登陆地段。

第一大队,由登陆艇大队指挥员负责指挥。其任务是输送师第一梯队步兵一七八团和一七二团一个营在算山至老鼠山地段登陆。

该大队下辖:登陆第一中队,以履带登陆车12辆组成;登陆第二中队,以履带登陆车12辆组成;登陆第三中队,以登陆艇11艘组成;登陆第四中队,以登陆艇21艘组成。伴随火力群:第一中队由高速炮艇3艘组成;第二中队由3艘100吨高速炮艇组成。

其任务是伴随登陆中队前进，压制登陆地段敌前沿火力点，直接掩护登陆兵登陆。

第二大队，由海军登陆舰第五支队大队长王维纲同志协同陆军船管大队指挥员指挥。其任务是输送六十师第一梯队之步兵一七九团在长蕉山至狮子山地段登陆。

该大队下辖：登陆第五中队，由陆军登陆艇 11 艘组成；登陆第六中队，由陆军登陆艇 11 艘组成；登陆第七中队，由陆军登陆艇 1 艘、海军登陆艇 3 艘组成；伴随火力群第三中队，由加装火炮的桅帆船 9 艘组成；直接警戒兵力群，第一中队由驱潜舰 4 艘组成，第二中队由护卫艇 4 艘组成。

其任务是在登陆中队航渡中担任直接警戒，到达阵位后压制登陆地段敌前沿火力点，直接掩护登陆兵登陆。

上述第一梯队步兵登陆后，所有登陆艇从登陆地段两侧撤出，到达预先指定的位置集结，装载后续梯队，运送物资。

第三大队，以"河"字号登陆舰 4 艘组成，由登陆舰第十三大队指挥员指挥。其任务是输送步兵六十师指挥所及第二梯队登陆。

第四大队，以"古田"型登陆舰 4 艘组成，由扫雷舰第四大队指挥员指挥。

其任务是输送坦克、师属炮兵及后续梯队登陆。

扫雷队，以扫雷舰 4 艘、扫雷艇 4 艘组成，由扫雷舰第九大队指挥员指挥。

其任务是在地面炮兵、航空火力和舰艇火力掩护下，进行敌前扫雷，保障登陆舰和火力支援舰的航行、机动安全。

舰炮火力支援队，以护卫舰11艘、驱逐舰4艘组成，由护卫舰第六支队指挥员负责指挥。其任务是在地面炮兵和航空火力支援下，以舰炮火力压制登陆地段上的敌军火力点和工事，摧毁敌前沿和纵深的坚固火力点，掩护登陆兵上陆及支援纵深战斗。

战役掩护队，以鱼雷快艇第三大队等鱼雷快艇33艘，护卫舰十八大队护卫舰4艘，驱逐舰五十一大队驱逐舰4艘，东海舰队航空兵水鱼雷飞机和歼击机共22架等组成，由鱼雷快艇第六支队指挥员负责指挥。

此外，尚有M型潜艇和C型潜艇共4艘参加战役掩护队的行动，由海军演习指挥所直接指挥。战役掩护队的任务是打击以各种方式进行海上增援之敌，保障登陆区翼侧的安全。

除上述兵力外，为了进一步体现实战要求，还组织了海上"蓝方"编队，由"山"字号登陆舰3艘、护卫舰6艘、驱潜舰3艘，共12艘组成"蓝方"海上增援编队，限制敌人的海上增援行动，作为我海上掩护队的打击对象。

制订两天实施的演习计划

1959年5月23日,指挥部决定实施陆、海、空三军联合渡海登陆演习,演习时间6小时30分钟。

整个演习基本上是按预定计划进行的。为了便于组织演习和照顾参观学习,演习分别在两天实施。

首先由航空兵和陆炮、岸炮、舰炮实施预先火力准备,摧毁敌前沿和纵深的坚固火力点,压制登陆地段上的"敌人"火力,同时扫雷队实施敌前扫雷。

接着,登陆输送队第一、第二大队及其伴随火力队装载起航,工兵乘操机舟在前,破除障碍,伴随火力队压制登陆地段"敌人"火力,直接掩护登陆兵登陆。

在演习中,二十军首长还给予海军一项摧毁"敌"二、三号阵地6个碉堡的任务。其中两个碉堡是用1.2米厚的钢筋水泥筑成的"敌"前沿阵地最坚固的工事,目的是为了试验舰炮的威力。

为了摧毁碉堡,演习部队用驱逐舰和护卫舰抵近15至20链,以炮弹初速完成了这一任务。

旗舰"鞍山"号率"抚顺"舰组成驱逐舰编队,参加在浙江穿山半岛举行的陆海空合成渡海登陆战役实兵演习。在以130毫米舰炮对岛岸目标射击时,"鞍山"舰首发命中。仅6分钟炮击,就将过去多次实弹射击都未能破坏的原日军构筑的厚达2米的钢筋混凝土工事彻底摧毁。

在场的南京军区司令员许世友上将不禁大叫：

海军打得好！

虽然驱、护舰不宜这样抵近使用，但仍得到南京军区首长和陆军部队首长的高度评价。

5月24日的演习是分别进行的，即陆军步兵第六十师演习陆上纵深战斗，同时，海军在海上演习打击"敌"海上增援编队的战斗。

海军假设敌情是："蓝方"为了增援守岛部队进行反登陆，组织"65特遣队"，其登陆舰、护卫舰、驱潜舰共12艘，开始在杭州湾集结向穿山半岛方向增援。

"红方"获取情报后，即将战役掩护队的兵力及3艘高速炮艇组成不同的突击兵力群，从不同待机点出发，在海上打击"蓝方"编队，从占阵位到突击完毕，持续时间为4小时。

演习当天下午，在海上举行了隆重的阅兵式，叶剑英元帅和许世友司令员在东海舰队首长的陪同下，检阅了海军参加演习的主要突击兵力。

海上阅兵式的场面雄伟壮观，以高速炮艇、鱼雷快艇、护卫舰、驱逐舰组成的舰艇编队序列和海军航空兵的编队序列，依次通过检阅舰和参观舰。

3000多名陆、海、空军参观人员观看了阅兵式。

这次阅兵式是军委、总部首长对海军的关怀和鼓舞，对提高我军的士气，提高陆军、海军、空军干部对海军战斗力的认识，以及对建设强大海军重要性的认识，都起了很好的作用，壮大了海军的军威。

当天21时，王清川从金塘指挥所出来，乘汽车赶到杭州，住进海军疗养院，准备参加第二天的演习总结大会。

召开登陆战役演习总结大会

1959年5月25日，中央军委召开穿山半岛登陆战役演习总结大会，由陆军、海军、空军分别作了总结报告，南京军区许世友司令员作总结讲话，叶剑英元帅作重要指示。

叶剑英在这次演习的讲评中指出：

我们在山地打了几十年，平原也有些经验，最困难的是渡海登陆或抗登陆。陆海空联合作战是我军目前训练任务中最困难、最难解决的东西。特别是渡海登陆，是现代战争中最复杂的一种战役战斗样式。我军有登陆金门失败的教训，有登陆一江山岛成功的经验，既要总结过去，又要有新的发展。

叶帅勉励大家要从实战需要出发，认真总结训练经验。

对于穿山半岛登陆战役演习，王清川认为主要有两点：

一是演习的目的明确、针对性强，更接近

于实战。这次演习明确以解放金门登陆作战为背景，要求演习地区必须与金门地区的海区地理特征相近似，演习敌情必须与金门的情况相符合。

此外，当时美蒋订有共同防御台湾的条约，虽不包括金门、马祖，但在实际上对金门作战是会有一定影响的。这不仅是军事问题，而且是一场复杂的政治斗争。当时我们考虑了美国可能采用的直接和间接干涉的方式，在组织这次演习时，也考虑了实战中对付这种现实情况的战役、战术措施……

二是认真贯彻了以毛泽东军事思想为指针，一切从实际出发的根本指导思想。舰艇编组、组织上船、航渡、破除障碍、炮火准备、火力支援、海上打击、空战等，都是为保障登陆兵上陆歼敌创造有利条件……

演习紧密结合实兵演练，探索和解决了一系列战术问题，为金门登陆作战积累了一些知识，摸索了一些经验。如近岸渡海登陆作战如何划分阶段问题；登陆工具编组和上船装载指挥问题；海上打援问题；登陆队的队形和波次编成问题，投入战斗的要求确定问题；破除障碍问题；舰炮火力使用问题；三军协同动作问题；近岸渡海登陆作战的战役指挥问题等。

据外电报道，这次演习以登陆台、澎、金、马为假想前提。通过这次演习，丰富了军队在现代条件下组织海上演习的经验。

主要收获是：探讨了陆、海、空三军联合登陆作战的组织指挥和协同。对以陆军为主组成联合指挥部，统一协调诸军兵种的战斗行动；根据作战时节的特点，适时转换指挥关系；各级指挥靠前，集中指挥与分散指挥结合；以预先计划协同为主，临时协同为辅，使计划具有科学性和适应性等问题进行了广泛研究，取得了一定的经验。

同时，通过这次实战演习，还摸索了登陆输送编组的基本方式。

三、华北地区军事演习

● 毛泽东说:"军队要严格训练,严格要求,才能打仗。"

● 徐向前指出:"军队的训练问题要引起重视,特别是干部和技术兵的训练要抓紧。"

● 叶剑英说:"这次演习,除地面部队以外,还有空军参加,规模很大,演习得很好,从中学到一些很重要的经验。"

叶剑英指示组织反坦克训练

1970年春,毛泽东看了沈阳、新疆和济南军区上报的关于野营训练的报告后,充分肯定了这一做法,指示:

这样训练好。

同年11月24日,毛泽东在北京卫戍区《关于部队进行千里野营拉练的总结报告》上批示:

全军是否利用冬季实行长途野营训练一次,每个军可分两批(或不分批),每批两个月,实行官兵团结、军民团结。
如不这样训练,就会变成老爷兵。

12月6日,中央军委发出通知,要求全军迅速掀起冬季长途野营训练的热潮。

1971年,全军有540个师以上机关、43所院校以及90%的野战部队参加了野营拉练。

8月至9月间,毛泽东在外地巡视期间同沿途各地负责同志的谈话中指出:

过去我们部队里在军事训练中有制式教练的课目。从单兵教练，到营教练，大约搞五六个月的时间。现在是只搞文不搞武，我们军队成了文化军队了。

1971年10月4日，毛泽东在接见军委办公会议成员时说：

军队要严格训练，严格要求，才能打仗。锻炼部队，一是靠打仗，一是靠平时训练，现在搞空的东西多了，多年不打仗，拉练也不搞了，什么矛盾也出来了，车不会开，饭不会做。

1972年2月24日，刘伯承致函中央军委，要求加强对军事训练的组织领导，各级要有专人管训练，抓紧计划，检查落实；各军兵种抓好基础训练，各特种兵首先搞好本身技术战术训练，然后与合成军队搞协同动作的训练。

2月28日，徐向前指出：

军队的训练问题要引起重视，特别是干部和技术兵的训练要抓紧。

3月1日，聂荣臻说：

部队的军事训练要大力加强。训练时间要坚持步兵90天，技术兵120天，还要加上冬季野营拉练。部队生产不能搞得太多，不能提倡部队搞粮食自给。

叶剑英指出：

现在用一般的方法不行，一般方法扭转不过来这个局面。要先解决干部问题。

根据叶剑英的意见，1972年4月，中央军委下达了《关于办好教导队加速轮训基层干部的指示》，要求军、师、团三级领导干部亲自任教，进行传帮带。于是，一个大办教导队的热潮在全军兴起。

教导队由打过仗的有经验的领导干部任教，从基础开始，重点解决教兵的本领。教导队一般每期3至4个月，使受训干部达到会讲、会做、会教，平时能组织训练，战时能指挥打仗的要求。

到1972年底，全军各级教导队共办了1800多期，有1.2万多名军、师、团领导干部在教导队当连长、指导员、排长和班长，已训和在训的基层干部占应训人数的44%。

基层干部经过教导队轮训，提高了教兵带兵能力，在一定程度上改变了连队"干部想教不会教，战士想学没人教"的状况。军、师、团领导干部到教导队任职任教，与学员一起摸爬滚打，传授练兵经验，促进了新干部的成长。参训干部按连队编组，同战士一样训练，熟悉了训练内容，培养了纪律作风，学会了管理教育。

到 1974 年，全军共轮训基层干部 80 万人，部队只搞文不搞武的局面基本得到了扭转。这个时期的教导队轮训，主要抓了连队基础训练，连、排战术一般只组织了示范参观，练指挥普遍没有进行，基层干部的本级组织指挥问题没有很好解决。

在技术战术训练中，也多是练步兵打"敌"步兵的技术和战术，合成训练很少。

从 1972 年开始，全军各部队以极大的热情投入了军事训练。这一年，陆军野战部队 25% 的师，海军、空军 80% 以上的作战部队进行全训。

截至 11 月底，全训部队的步兵一般训练了 80 天左右，技术兵一般训练了 120 天左右。空军飞行员的平均飞行时间是 1960 年大练兵运动以后每人平均飞得最多的一年。海军有的舰队舰艇出海训练的艘次，比 1971 年增加 29%。

叶剑英发出"把打坦克之风吹遍全军"的指示后，打坦克被列为这个时期军事训练的主要内容之一。

1972 年下半年，经毛泽东批准举办的全军反坦克训练班结束后，又有 9 个军区举办了团以上干部参加的反坦克集训，培养了大批训练骨干和示范分队。

广州军区到 1972 年底共培训打坦克骨干 3.3 万余人（每连 4 至 6 人），培训班长 4.2 万人，轮训干部 2.3 万人，培训先行连 238 个，为普及打坦克训练打下了坚实的基础。

1973 年，经中央军委批准，北京、济南、武汉、南京、广州 5 个军区组织的 6 次较大规模的演习，都突出了打坦克的内容。

打坦克训练实行远近结合，以近为主，近战歼敌的原则，运用打、炸、阻相结合的方法打击敌坦克。

步兵学习使用 40 火箭筒、爆破筒、磁性手雷、炸药包、反坦克地雷打坦克的技能和反坦克障碍物的构筑方法，炮兵、装甲兵、工程兵也结合各自的特点，开展反坦克训练。

粟裕提出打坦克集群建议

1973年2月，粟裕给毛泽东、周恩来、叶剑英写报告。报告中提出，把打坦克集群摆在与地面敌人作战的首要位置。

粟裕关于打坦克集群的主要观点是：

未来战争初期，要以敌人的坦克集群、飞机、空降（伞降、机降）为主要打击目标。对付敌坦克集群，不能单靠步兵，必须组织和发挥步兵、炮兵、装甲兵、工程兵、空军和民兵等各种力量，形成多层火力（既有远程、中程、近程的，又有地面、地下、空中的），构成严密的反坦克火网。用炸药包打敌坦克集群不行，打个别坦克或行军中的坦克还是可以的。战斗小组利用夜暗钻到敌坦克集群的空隙中去，用炸药包、轻型反坦克武器打敌坦克的薄弱部位，也是可行的。还可以设想在预设战场和我阵地的前沿，有计划地挖掘一些单人能站的坑，用狭窄的交通壕连接起来，待敌坦克从坑上、壕上越过，利用坦克火力和瞭望孔视界的死角，打敌坦克的后部。

总之，要想出各种各样的办法来打掉敌人的坦克。对付敌机空袭，除空军歼击机部队和国土防空部队应力争多击落敌机外，野战军和守备部队都要加强防空火力，配备各种射程的高射火炮和防空导弹。敌机低飞、俯冲时，要使用轻武器对空射击。在敌可能空降的地域，要指定专门的预备队，对付敌战略、战役、战术空降或直升机机降。

粟裕讲的大集群坦克的战法与我军的传统战法有所不同。过去我们主要是打运动战、游击战，强调诱敌深入，以歼灭敌人的有生力量为主要目标，不计较一城一池的得失。

粟裕根据已经变化了的敌我情况，提出在未来反侵略战争的初期，要挡住敌人的"三板斧"，打坚固阵地防御战，依托阵地，不远离阵地，打中小规模的运动战，在敌后和敌占城市开展新型的游击战，以打敌坦克集群、飞机、空降为主要目标。

这是在新的条件下，对毛泽东军事思想的创造性运用和发展。

粟裕对未来战争的真知灼见，来自他正确掌握与运用辩证唯物主义和历史唯物主义的立场、观点、方法，来自他毕生实践经验的结晶和睿智的洞察力，来自他坚持真理、实事求是的探索精神和对敌情、我情、地形、武器装备性能的透彻了解。

粟裕对未来反侵略战争初期作战方法既能从宏观上运筹帷幄，确定攻防的重点、次序和原则，又能在微观上深思细察，提出具体的方案、措施和对策，对保卫祖国的安全具有重要意义。

他的正确建议，受到中央军委的重视，从而对我军军事战略的调整作出了重要贡献。

原来，早在1973年1月27日，美国、越共、北越、南越达成了停火协议，但是，局部战斗持续不息，各方互相指责违反协议。在冷战激烈对抗时期让苏联人占了上风，其结果之一是苏军的T-64、T-72坦克已经装备上万辆。

苏联人靠着几万辆坦克，在欧洲战场两大武装集团虎视眈眈的对峙中赢得了心理上的平衡，并腾出手来回头向东窥视，将大量坦克部署在中苏、中蒙边界，势如大兵压境。

对待这种局势，毛泽东教导要"深挖洞，广积粮，不称霸"。因此，根据国际形势和军队所面临的任务，军委首长强调开展以打坦克为主的"三打"（打坦克、打飞机、打空降）、"三防"（防原子、防化学、防生物武器）训练，并于1972年7月，总参在北京地区举办了全军反坦克武器展览、表演汇报。

1973年，全党全军和全国人民，按照毛泽东加强军队建设、做好反侵略战争准备的指示，整顿和改进军事工作：

一是调整军队领导和体制编制：邓小平任中共中央政治局和中央军委委员，参加中央和中央军委领导工作；张宗逊、郭林祥分别担任总后勤部部长和政治委员；北京与沈阳、南京与广州、武汉与济南、福州与兰州，八大军区司令员对调；增建41所军队院校；将边防检查站移交公安部门。

二是调整国防科技和国防工业的领导体制：撤销中共中央军委国防工业领导小组及军委国防工办；成立国务院国防工办和陆军、海军、航空等军工产品定型委员会。

正是在这样的背景下，加强军事训练，落实战备工作，成立了全军战备训练领导小组，召开了全国陆地边防工作会议，在华北地区举行打敌集群坦克演习。

北京军区举行打坦克实兵演习

1973年10月13日至28日，北京军区根据中央军委、总参谋部的指示，在张家口地区举行首次诸军兵种协同打敌集群坦克研究性实兵演习。

中央军委、各总部、各军兵种、各军区、国防科委、军事科学院、军政大学首长和各级领导干部1万多人参观演习。

北京军区受总参谋部委托，在华北地区组织的、由北京军区副司令员马卫华、副政治委员张正光操作总导演的打敌集群坦克研究性实兵演习。

这次演习的总导演是北京军区副司令员马卫华，马卫华是一位有着丰富实战经验的老战士。

1919年，马卫华出生于河北省唐县。1937年参加八路军。1938年加入中国共产党。抗日战争时期，任晋察冀军区唐县自卫队队长，人民武装总队总队长，游击大队大队长，县武委会主任兼游击大队大队长，游击第七区队参谋长，第二团营长，第四十二团参谋长、副团长、团长。

解放战争时期，马卫华任晋察冀军区第二团团长，第四纵队第十一旅参谋长，华北军区第四纵队十二旅副旅长，第十九兵团六十四军一九二师师长。

中华人民共和国成立后，马卫华任第十九兵团军参谋长、中国人民志愿军副军长、中国人民解放军副军长、北京军区副参谋长、参谋长、副司令员。1955年被授予少将军衔。

演习的主要目的是为了演练对抗苏联的坦克集群。参加演习共2.1万多人，飞机55架、坦克装甲车371辆、火炮385门。

中共中央副主席叶剑英、李德生等党政军领导人以及各部队干部1万多人参观了演习。

演习设想"蓝军"对中国发动大规模的侵略战争，在其空军实施战略空袭的同时，以坦克、装甲重兵集团，从"红军"防御的重要方向突入，其先遣集团军以第一梯队4个师向华北某战略要地实施突击，企图切断主要交通线，尔后向我国腹地发起进攻。

"红军"组织防御，抗击"蓝军"进攻，大量消耗、歼灭突入防御地域的"蓝军"，粉碎其战略进攻企图。

这次演习，标志着军队的作战指导思想从以打敌步兵为主转到以打敌坦克为主，这对于加强现代条件下反侵略战争具有重要意义。

在当时国际背景十分复杂的情况下，这次演习强化了中国的军事建设。

当时，"冷战"正打得火热，就在这次军事演习前不久，1973年10月5日，伦敦报纸报道，进行间谍活动的一些苏联拖网船和远程侦察机窥探北大西洋集团本周在北海举行的大规模海军演习。

《每日电讯报》10月5日报道说，苏联的一些间谍拖网船"好几天来一直跟踪着'赫姆斯'号反潜艇航空母舰"。这家报纸还说，一些俄国远程侦察机和这些拖网船合伙，"其中一架在离'赫姆斯'号二百英尺的近处飞行"。

《卫报》4日还登载了一幅很大的照片，照片表明一架准备从美国"肯尼迪"号航空母舰起飞的侦察机，正在受到远处一艘苏联海军最新式的"基尔沃克"级驱逐舰的窥伺。

据报道，参加名为"快速行动"的这次北大西洋集团海军演习的，有英国、丹麦、西德、挪威、荷兰、美国和加拿大等国的34艘军舰、250架飞机和2万多人。这次演习的目的，是要检验北大西洋集团在北海地区为对付苏联所能提供的反潜艇和空中支援能力。

因此，在苏联和西方大国形成对峙之时，中国更有必要加强军事现代化建设。

通过这次演习，增强了对敌集群坦克敢打必胜的信心，探讨了坚固阵地防御敌坦克群进攻的作战能力和各种打坦克的战法。演习对于指导部队训练，加强现代条件下反侵略战争准备具有重要意义。

集宁部队演练阻滞坦克进攻战术

1973年，北京军区搞了两个针对抗击苏军坦克的演习，一个在张家口张北地区，规模很大；另一个在集宁大六号地区。

大六号是内蒙古集宁地区的一个地名，也就是后来的乌兰察布市，"大六号地区毛泽东思想学习班"是那次演习对外的称呼。

大六号在集二线上，距集宁70公里。这次演习对外称"大六号地区毛泽东思想学习班"，参加演习的单位来自各个部队的4个连队，坦克连是其中之一，另外几个连队至少有一个是工兵连，还有一个队属炮连。

这个演习实际上是带有试验性质的，也可以说是研究性质的，研究怎样利用挖沟、设桩、爆破等手段迟滞坦克进攻。

集宁这地方无霜期很短，当地人主要种植生长期短的低矮作物，如黍子、莜麦等，产量也很低，据说亩产150公斤就相当不错了。看不见什么像样的可耕地，大片大片的地表面都是碎石子，说平不平说坑不坑，视野的远处，地形像巨大的黑褐的波浪。

坦克连在阵地上负责挖战壕。

战士们先用镐头刨下一层，再用锹把刨下来的碎石土敛出去，接着再重复作业。作业地段上全是层次分明的一层层碎石，再往下挖还是碎石，施工十分困难，作业效果远不如在土地上那么棱角分明。

当时，参加这次演习的坦克连的一个战士在日记中写道：

1973.5.15 星期二　晴

昨天下午和今天的施工是很艰苦的，上午饿，下午渴，一饿就干的不欢了，一渴就干脆就有人不动了。在这种情况下，自己应该怎样对待呢！这样的情况下，苦吗？当然是苦，平时喊"一不怕苦，二不怕死"，在这样的情况下为什么就不起作用了呢！我们不但人这样喊，也要这样做，不能当口头革命派，要是光喊不干，那还不如不喊这样的口号，既然这样喊了，就要这样去做。昨天，我觉得自己做得基本上还可以，没有停手，就要这样。

这个地方雨水少，多是大太阳天，但并不很热，只是干燥得厉害，带在身上的一壶水怎么省也不够喝到中午，水喝完了，干活儿一点劲儿都没有。

坦克连指导员孙振法向上级要求用炸药，坦克连里得到了炸药、导火索和雷管，挖不动就用炸药崩。

一天，指挥部的人陪着几个领导来阵地上检查工作。

当天是技术员高志明带队，平时没见他喊过口令，到这会儿也不含糊。他站起来大喊一声："全连注意，立正！"下达完口令，他朝远处的人群跑去，用他那种独特的山西普通话报告。

一会儿，技术员陪着他们走了过来，听说他们是坦克兵，其中一个看来是很高级别的领导连连表扬他们说：

坦克兵挖战壕，支持我们工作，这样很好嘛。

坦克连的主要任务是把坦克开出去配合打坦克训练。

有一次，连长带车单车外出执行任务。穿着坦克工作服戴着墨镜的连长坐在车长门里，他不时地举起胸前的望远镜朝周围观察。

到了地点，连长瞄了一眼手表，又用望远镜朝四周看了看说："他们没到。"这里的"他们"指民兵。

当天的任务是战士们配合民兵进行打坦克训练。

连长举着望远镜问身边的新兵："动过车吗？"

这位战士含糊地答道："没有。"

还没搞清连长这问话是什么意思，便听见一个老兵笑着从驾驶窗跳了出来说："连长让你开车呢！"

连长平时相当严肃，说话糙，爱发脾气，非驾驶员开车那还了得，连长非指你鼻子骂一通不可，今天连长是怎么了？

还没等这位新兵反应过来，老兵已经把他让到驾驶椅上，简单交代了一下。

新兵启动了发动机，挂上挡，松开离合器，两手使劲抓着操纵杆，眼睛通过正面的潜望镜死死地盯着前进方向。

当坦克兵的，只要你上心，平时多听多看多琢磨，那就会开坦克，并且开起来的感觉绝不会感到特别的惊奇。

后来，经过连长的鼓励、这位新兵自己的努力和战友们的帮助，新兵很快学会了开坦克。

训练开始了，老兵开着坦克兜圈子，新兵站在坦克上负责把民兵扔上来的炸药包再扔下去，炸药包就是董存瑞举着炸碉堡的那种，民兵们绑得不如董存瑞那么规范，大大小小，歪歪斜斜。

那些民兵趴在离规定好的坦克跑道一二十米的地方，等坦克开过来的时候，他们便跳起来，三五一伙地冲上来把炸药包往坦克上扔，扔完了迅速散开，然后就地卧倒。

后来，三两辆坦克出去执行任务的机会挺多，战士们开始抽出时间进行专业训练，在离村子不远的地方选择了靶场，在那个地方完成了自己第一次的坦克教练射击。

时间不长，坦克连又开始上阵地了，不是修筑工事，是配合试验和进行一次又一次的演习预演。

阵地上有好多三角形的水泥桩，组成矩阵，是用来阻挡坦克进攻用的。

这些桩子4个面呈等边三角形，有1米多高，那些人指挥着坦克做各种各样的动作，看其结果。

从后来看到过的一张照片上，坦克的一侧履带压了上去，摄影师取的角度看似乎坦克马上要翻过去了。

有一次让坦克连的坦克从正面朝一个三角桩正对正地冲过去，坦克兵爱车如命，战士们都很担心把车搞坏了，也怕会不会侧翻或是被卡住，但试验就是试验，只能听从安排。

连长对807号车驾驶员交代："三挡冲，油门大着点，撞的时候踏下离合器。"

807号车驾驶员是个红脸汉子，身体敦敦实实的，是连里最棒的驾驶员。他把工作帽系得死死的上了车，关紧驾驶窗，这时人群散开了。

几十米外坦克发动了，驾驶员点了几下油门，807号车一抖，发动机排气口喷着浓烟朝水泥三角桩冲了过去。

事情比大家想象的简单得多，撞的时候坦克只是稍微倾斜了一下，便像上了一个土坎似的从桩子上面越了过去！方向几乎都没偏。

这个结果在场的人都没想到，战士们朝807号车跑过去。整天背坦克的战术技术性能，大家脑子里的概念很清楚，36吨重的坦克被15毫米厚的钢板承重在不可压碎的几乎是一个尖状物的上面划了过去。

驾驶员从驾驶窗里探出身子解着工作帽，涨红的脸上咧着一种很神气的憨笑。

坦克的外观上察觉不出什么异样，有的战士就学着老兵的样子趴下来朝坦克底甲板上看，靠右侧履带一边从前向后有一条非常明显的蛇形划痕，但车底甲板怎么看也看不出有变形的地方。

这时，人群中的北京军区装甲兵司令部的张参谋说："问题不大，要是长时间撑着，底盘要变形。"

张参谋见战士们忧心忡忡的样子，又说，用肉眼是看不出来底盘变形的。

后来一直到演习结束，也没听说807号车有什么影响演习的毛病。

工兵连的推土机一天到晚地推，挖沟时顺着坦克进攻方向下铲，而且下铲总是一个方向，把沟里的土高高地堆在另一侧。

为了好看，再用人力搞出点棱角，这样便形成了一沟一坎障碍结构。

这种障碍从道理上讲是这样的，当坦克进攻时，先入沟再爬坎，沟深和坎高增大了坦克爬坡的高度。

首先是让坦克爬不过去，如果坦克上去了，也会很吃力，而且从防守的方向看，坦克一冒头，高高撅起来的肚皮底下便暴露了，等在那里的无坐力炮和四〇火箭筒便可以从容地开火了。

工兵的名堂很多，除了三角桩，还有五花八门的爆破、反坦克雷区、定向爆破等，在后来的演练中，工兵连设置的障碍让坦克连颇为领教，战术技能大大提高。

这次演习的作战背景大体是，"苏军某机械化部队"突入我国境内，企图从集宁方向向纵深发展，我军民依托以集宁为要塞的地区性防御体系，迟滞"苏军"进攻速度，为我战略部署争取时间并寻求歼敌战机。

演习的推演过程比较简单，敌坦克分队在开进中被我军设置的层层障碍分割、阻止，被迫在不利的条件下展开进攻，我军民利用永备防御工事的优势，逐一将敌坦克歼灭或使其陷入绝境。

可想而知，坦克连除了不面对坦克打的实弹之外，其他的一切都是真的，而且随着每次演练，工兵的爆破装药量一次比一次大，如果哪个车没有按规定的路线行驶或有偏差，虽不至于把车炸翻，但至少会有一定的危险性。

因此，坦克连所能做的，只是一路上放着并列机枪空包壳，历经艰难，按规定动作把工兵埋的相当于地雷的爆炸点压炸。

当806号车爬到最高处时，眼看着要越过去的一瞬间，驾驶员一踩制动器，把坦克定在那里。

按照设计，806号车任务完成了。

这脚制动器很关键，早了，肚皮给人家露得太少；晚了，有过坎之嫌；轻了，还有溜车不到位的可能。车的右侧大概百十米处设置了钢板靶，四○火箭筒弹穿靶而过，相当于把坦克击毁了。

在临近最后汇报演示的一次，二排805号车被左右两侧和前边的3个爆破点堵在了中间，爆炸翻起来的沙石和土几乎把整个坦克埋住了。

但这次要的就是这效果，那种爆破有一定的方向性，使沙石土往一边掀。

战士们跑到现场的时候，看见坦克车的乘员已经钻出来了，正忙着清理车上的沙土，805号车刚刚露出个模样，周围炸开的大坑有好几米深。

坦克连连长和几个人在那里议论："工兵够狠的，装药量太大了，把坦克搞坏了怎么办"。

在整个演习过程中，坦克连每天都起得很早，编队出发的时候，太阳才刚刚从地平线上爬上来。

有一次编队行进中有人看见车长正把着潜望镜往外看，初升的太阳光穿过潜望镜射在他的脸上，光线是橙红色的，颜色纯正鲜艳得难以让人置信。

集宁这地方昼夜温差大，初秋的早晨已经有了冷意，这束阳光给战斗室里带来了温暖和斗志。

这个镜头，被很多战士深深地埋在了脑子里，许多年后，他们还津津乐道。

有一次演习，北京军区副司令员腾海清来了，演习结束后，战士们第一次跟军区首长握手，都很激动。

最后一次演习坦克连没有任何闪失，顺顺当当过来了。

几个月来，部队所在的村子前边搭的那顶非常显眼的大帐篷不见了，所有车辆编队完毕，车队指向春天战士们来的方向。坦克连即将告别这里，告别它完成的任务，也告别这里淳朴的人们。

全村的老百姓都出来了，男女老少脸上都带着边远地区人们特有的木讷和忧伤，黑压压的人群慢慢地围了过来。

连长站在一辆坦克上，他大声地喊着：

乡亲们！我们还会回来的……

他的即兴讲演非常动人，整个场面就跟电影《南征北战》里一营奉命北撤时，高营长激动地向老百姓告别的镜头一模一样，只是台词差一个字，高营长说"我们还会打回来的"。不过，那个场面比电影里要真切得多，感人得多。

坦克连的这次演习没有像张北地区演习那么荣耀，但它是张北地区演习的一部分。张北地区的演习以演练各种装备如何打坦克为主，大六号地区演习以演练阻滞坦克进攻的方法为主。

《中国人民解放军大事记》里是这样记载的：

10月13日，北京军区在张家口地区组织打敌集群坦克研究性实兵演习，叶剑英观看了演习，接见了演习部队，并提出"把打坦克之风吹遍全军"。12月12日，总参谋部向全军转发了北京军区《关于打敌集群坦克研究性演习的情况报告》。

打那以后，全军打坦克训练进入高潮。《关于打敌集群坦克研究性演习的情况报告》里，记录着大六号那些战士的事迹。

叶剑英接见演习部队代表

1973年10月,北京军区在华北某地组织了一次打集群坦克的演习,当时周恩来总理从身体条件和安全考虑,不放心让叶剑英元帅参加。但已年逾古稀的叶帅,坚持亲临现场进行指导。

叶剑英一下飞机便直奔演习场,兴致勃勃地观看了演习,并称赞这次演习搞得好,体现了人民战争的思想。他要求大家在现有的基础上提高,在重点抓好战术和技术基础训练的同时,再搞一些大规模的合同战术的演习,还提出必须增强部队反坦克武器,狠抓打坦克训练。

在武器装备研制方面,叶剑英元帅提出加强常规武器和部分尖端武器研制的具体要求,指出我们既不是唯武器论者,也不能搞"唯无武器论"。

叶剑英指出:

今天同大家一起学习北京军区组织的这次反坦克群的战斗演习。这次演习,除地面部队以外,还有空军参加,规模很大,演习得很好,从中学到一些很重要的经验。

我们从事战争,不单单是靠野战军本身,还要依靠广大群众来参加战斗……今后对敌作战，敌人的坦克不是一个两个，而是一个群，有几千辆或是几百辆；不是冲一次两次，而是一个波一个波地向我们连续冲击。我们现在如果不想办法，就不能对付敌人的坦克。敌人是唯武器论者，他依靠的是坦克、飞机和大炮。如果我们不能战胜他的坦克，地面作战的这个关就很难过。他有步兵，不过都是藏在装甲车里头，地面上只看见战车在隆隆前进，人都在乌龟壳里头。他依靠这个武器一个劲地往前冲，所以需要有对付的办法。一方面要改造地形，限制坦克的活动，取得我们打坦克的机会。另一个重要的方面，就是要依靠人民群众、依靠民兵。

叶剑英指出：在预定的战场上，在准备同敌人进行一个战役的战场上，布置战场和创造战场的时候，主要是靠群众、靠民兵。创造战场，主要的是组织民兵，武装民兵，其次是改造地形。改造地形，当然是与农业水利有关系了。北京军区这次给我们一个启发，就是一面改造战场的地形，同时又不损害农民的农田利益……此外，我们还要想新的办法，创造新的武器，包括正规军使用的武器和民兵使用的武器。坦克是运动与战斗结合在一起的武器，履带的转动可以使坦克前进，炮塔是它的战斗部分。

叶剑英说：

我们要想办法如何破坏坦克的运动，如何破坏它的火炮射击。比如我们今天看到的跳跃式炸药包，一抛射，就跳到坦克的炮上去了，如装有适量的炸药，并能更牢靠地附贴在炮筒上，它一炸就可以把炮破坏，或使其变形。破坏坦克的战斗部分，除了这个跳跃炸药包外，还有什么其他办法没有，要研究一下。除了破坏坦克的战斗部分，还要破坏坦克的运动部分。珍宝岛打坏敌人坦克的不是火炮，主要是炸药把它的履带炸断了。破坏敌人坦克的运动部分，就是把它的履带搞断。使敌人坦克一不会运动，二不能战斗，这个坦克就等于零了。这个问题，全军今天都要作为一个主要课题来研究，特别是军事科学研究机关。

接着，叶剑英谈到民兵的问题：

还有民兵，民兵的武器，民兵的战斗组织，民兵的地道战。张家口的民兵是比较好的。从张家口一直到张北，一直到前面，有一条地道，中间的战斗部分还可以扩大，要能打能藏。这个地道要起两种效能，既能打能藏，又能够在地下转移、输送部队。我想了一下，每个战斗组三五个人，每人拿一种武器，其中有一个弹药手，这个小组专门打坦克。战斗手段要多种多样，作战方法也要经常研究。

张家口民兵到战时都是三五人一组，一群一群地从地道钻出来，钻到敌人后方打，一直到敌人进入市区了还要打。叶剑英指出，民兵作用很广泛，密密麻麻遍布在整个战场上。敌人每前进一步，总要给他一个损伤，给他一个打击，我们广大民兵的好处就在这个地方。

叶剑英还指出，

看了今天的演习受到了启发，在这个启发下触动了我们的思考，应该继续在现有的基础上提高……

敌人向我们进攻从哪里来呢？那无非是地上、空中、海上，所以我们除加强东北、华北、西北防御以外，海上也应加强，空中也应该加强，主要是把广大民兵认真搞好。我们要守北京，要守住首都，必须要巩固张家口，以及前面的阵地。所以在我军防御的地方，首先考虑这个方向。在这个主要方向，敌人上面有空军，地面有机械化部队，包括坦克兵。我们在这个主要方向作战，要首先研究用什么手段打击敌人坦克。敌人坦克有办法对付了，跟随坦克后面的装甲步兵、步兵最后还要下来，不能老在乌龟壳里边，所以他们致命的弱点是完全依靠乌龟壳。今天演习这个课题，是我们今后战争的主要课题。在一个战场出现的不只有坦克,还有空军支援坦克,掩护地面部队作战……

叶剑英最后指出:

各大军区的同志回去,看看你们的大区里头,比如,西北、东北,有几条道路,敌人从哪几条道路来占领城市,守住守不住。守住了迟滞敌人的时间,使我们后方更有时间来组织力量,不能让敌人长驱直入……不仅是北京军区,各大军区都一样,不管敌人从哪里来,我们都可以守,守起来要认真地守,像斯大林格勒的守法、列宁格勒的守法。

叶帅的这些重要思想,很快在部队得到了贯彻,为后来部队转入现代化、正规化建设打下了良好的基础。

全军开展以打坦克为重点的训练

1973年到1974年,在毛泽东关于理论问题等重要指示的指引下,部队干部战士发扬战争年代的革命精神,以随时准备打仗的战斗姿态,积极投入以打坦克为重点的战术技术训练。

各级党委加强了领导,由以打步兵为主转为以打坦克为主的思想更加明确,大批领导干部深入基层,广大群众充分发动起来,使打坦克之风吹遍全军,训练成绩比往年同期有了明显提高。

三二七四部队党委在军事训练中,组织干部战士从实战需要出发,着重抓好打坦克训练,并把打坦克训练和战术技术训练、夜间训练有机地结合起来,训练质量不断提高。

三二七四部队党委根据上级关于战备训练的指示精神,对当年的训练进行了具体部署,强调一定要坚持全面训练,突出重点,着重抓好打坦克训练。

训练一开始,有的同志认为,连队有火箭筒班,重点抓好他们的打坦克训练就行了,其他人关系不大。

有的连队一度训练重点不突出,计划安排没有突出打坦克,训练场地、器材准备没有保障打坦克,干部也没有把主要精力用来抓好打坦克。

为了解决这些问题，团党委通过学习革命理论，引导大家从以下三个方面认清搞好打坦克训练的重大意义：

一是研究和分析未来反侵略战争的作战对象和特点，明确必须从实战需要出发着重抓好打坦克训练。

党委教育干部战士充分认清，苏联人亡我之心不死，他们是"唯武器论"者，鼓吹坦克制胜，一旦对我国发动侵略战争，就必然大量使用坦克，妄图依靠这些"乌龟壳"加强进攻能力。因此，要夺取未来反侵略战争的胜利就必须突出重点，搞好打坦克训练。

二是回顾战争年代的经验教训，必须人人学会打坦克。

他们回顾了抗美援朝的一次战例，从历史的经验教训中，使大家充分认识要赢得未来反侵略战争的胜利，就必须普及打坦克训练。

三是分析部队打坦克训练的现实状况，认清要立足于战争早打、大打，提前做好反侵略战争的准备，就必须抓紧时间搞好打坦克训练。

认识提高后，干部、战士都积极地投入打坦克训练中去。训练器材不足，就群策群力想办法，自力更生，修旧利废，因陋就简；没有教案，就反复实践，摸索规律，自编自写。

团里把战术演习场改成了打坦克战术训练综合演习场，设有土坦克、网状阵地和陷阱、断崖、崖壁、三角沟、桩寨、三角锥等反坦克障碍物，组织部队轮流进行排以上带战术背景的攻防打坦克训练。

每个连队也都将原来的操场进行了改造，使之成为打坦克战术训练的场地。

为了解决打坦克和其他课目训练的矛盾，团党委及时总结推广了三连的经验。

三连对训练内容进行了改革，在训练计划上，把打坦克训练作为重点课目。

技术战术训练、夜间训练都以打坦克为主，把打坦克训练贯穿到战备训练的全过程，改变了过去那种把打坦克训练单独划分阶段、单独安排时间，致使打坦克与其他课目训练脱节的状况。

这样，保证了干部、战士在一定的训练时间内，既掌握了五大军事技术，又学会了运用步兵各种打坦克武器和器材打坦克的本领。

在具体内容上，他们把技术基础训练、夜间基础训练、战术基础训练与打坦克训练结合起来。

如投弹训练，在掌握了投弹要领的基础上，就重点练习投掷反坦克手雷；

爆破训练，在了解和掌握爆破的基本知识后，重点练习运用地雷、炸药包、爆破筒打坦克；

土工作业，重点练习反坦克障碍物的构筑；

单兵进攻，重点练习根据不同地形、地物和携带不同打坦克器材进行打坦克；

夜间着装与紧急集合，增加了步兵五种打坦克武器、器材的携带；

夜间观察与潜听，增加了如何发现敌坦克，判断分析敌坦克的距离、数量以及可能向我军接近的方向和道路等。

三连的经验推广以后，各个连队都把打坦克训练和其他课目的训练有机地结合起来，全面提高了部队的作战技能。

武汉部队在上半年就有团以上干部1100多人次，机关干部3100余人次下到连队，培养典型，指导训练。

兰州部队某团几个主要领导干部，平均在连队蹲点80天左右。许多部队主管训练的干部像带兵打仗一样，斗志旺盛，意气风发。

他们说：

横下一条心，坚决要把打坦克训练搞上去。

干部带头干，群众劲头高。守卫祖国北方边疆的部队，在戈壁沙漠、辽阔平原，迎着滚滚风尘，打翻一辆又一辆"乌龟壳"。

南方部队冒着烈日酷暑，阴雨绵绵，晴天一身汗，雨天一身泥，苦练打坦克的硬功。

在学习理论的带动下，各部队的训练成绩显著上升，很多部队达到了人人学会使用多种武器、器材打坦克的本领。

某部的火箭筒手射击进行3个练习，命中率平均达到84.5%。

某师6个步兵连，从干部到战士，发射火箭筒教练弹命中率达到93%。

广州部队某部"黄草岭英雄连"，反复苦练快速、准确、隐蔽的埋雷技术，经过训练，使埋设反坦克雷的时间缩短了一半。

炮兵、装甲兵、工程兵也都突出了打坦克训练。

各部队在训练中认真学习毛泽东的军事思想，着眼特点，着眼发展，不断提高打坦克训练的水平。

很多部队打坦克训练有了发展，从打固定坦克发展到打运动坦克，从打单辆坦克发展到打集群坦克，从白天打坦克发展到夜间打坦克，从防御中打坦克发展到进攻中打坦克，从阵地内打坦克发展到运动中打坦克。

兰州部队某部在训练内容、训练计划和编写教材中，都强调了在运动战中打坦克的要求，经常组织部队小拉练，锻炼部队在紧急情况下，能够迅速行动，连续作战，炮兵分队能快打响、快歼敌、快撤离和首发命中。

各部队普遍将多种武器、器材打坦克训练与战术技术基础训练结合进行。有些单位逐步建立打坦克训练点，培养大批打坦克训练骨干。

许多部队还抓住演习时机，重点研练打坦克群的战术思想、作战手段和组织指挥，利用部队演习成果编写教材。

沈阳、南京等部队在组织打坦克演习中都举办了干部集训班,培训了一批骨干。

为了发挥人民战争的威力,使打坦克训练在全国军民中普及,部队积极协助民兵练习打坦克。

沈阳部队重视培训打坦克民兵班,帮助地方训练了大量打坦克骨干。

新疆部队积极协助维吾尔、哈萨克等少数民族的民兵掌握打坦克本领,进一步加强了军民联防。

军事演习带动武器研制热潮

1958年7月，以当时的北京工业学院（现北京理工大学）为主，开始265-Ⅰ型反坦克导弹的研制。

这是一种以法国的SS-10反坦克导弹为参照物，并借鉴了苏联的AT-1"甲鱼"反坦克导弹的设计经验，由我国武器技术人员自主开发和研制的新一代反坦克导弹武器系统。

这种武器的原理样机在进行了二次飞行试验后，有关人员掌握了初步的反坦克导弹工作原理。

随后，国家有关部门正式组成了以炮兵科学技术研究院为主，联合北京工业学院和724厂组成了新型反坦克导弹研制机构。

世界上最早的反坦克导弹应该追溯到二战末期纳粹德国研制的X-7"小红帽"，它采用目视瞄准、有线制导技术，到1944年9月已基本研制成功，但还未来得及投入使用，纳粹德国就战败投降了。

不过，有线制导技术却被保留继承了下来，世界上一部分现役反坦克导弹的屁股后面仍然拖着一根长长的导线。

我国的反坦克导弹研制始于20世纪50年代末60年代初。当时，我国与苏联的盟友关系急转直下，一夜之间,苏联不但撤走了援华的各类专家,还撕毁了与我们签署的各类合作协议。

于是,在数千公里的原本平静的中苏边界线上,双方都虎视眈眈,苏联更是陈兵百万,仿佛一场国家大战一触即发!

但是,我国领导人最担心的并不是苏联的核武器,也不是他们的新型导弹,而是苏联世界一流的钢甲洪流,即各类坦克装甲车辆。

当时,我国面临苏联在内蒙古草原和三江平原的宽纵深、大正面的装甲突击集群的巨大威胁,特别是在内蒙古草原的威胁,苏联装甲集群可以毫无阻碍地直捣我国的战略心脏,即首都北京。

因此,中央军委提出了"三打三防"口号,其中第一就是打坦克,由此可见,如何打击苏联的快速装甲突击群,成为当时我军的首要任务。

特别是在1968年初的中苏珍宝岛武装冲突后,中国前线部队对反坦克武器的要求就更迫切了。

我国除了大力研制各类平射反坦克炮及其弹药之外,也开始研制自己的第一代反坦克导弹。

我国组成新型反坦克导弹研制机构后,1962年开始新的研制工作,期间攻克了手动操控原理、火药装药、制导导线的放线和不断线等难题,1969年完成设计和试制,1973年完成反坦克导弹的研制工作,这型导弹被正式定名为J-201型反坦克导弹。

这种反坦克导弹采用目视跟踪，手动操纵，有线制导，导弹射程 400 米至 2000 米，破甲厚度在 65 度角时可达 120 毫米，飞行速度 85 米每秒，性能落后于同时期世界上主要的反坦克导弹。

特别是该型导弹存在射程近、破甲厚度小、飞行速度慢、操作人员暴露时间长、操控难等缺点，军队有关部门进行打靶试验后对该型导弹不甚满意。

在下发部队试用后，经过进一步修改，又发展出称为 J – 202 的改良型。

由于该型反坦克导弹缺点较多，在"红箭 – 73"研制成功后就停产了。但 J – 201 和 J – 202 型反坦克导弹作为我国的第一代反坦克导弹，虽说没有投入大批量生产，但正是通过这型导弹的全面研制工作，为我国兵器科研人员积累了经验，锻炼了人才，为随后的"红箭 – 73"研制打下了坚实的基础。

基于当时我国所处的国际环境，我们的军工科研人员能够凭借自己的科研力量，完成 J – 201 和 J – 202 型反坦克导弹的研制工作，确实是一项了不起的科学技术成就。

这一型号的反坦克导弹在 1978 年全国科学技术大会上，获得"全国科学大会奖"，参与研制人员获得国家的表彰奖励。

由于 J – 201 和 J – 202 型反坦克导弹不能完全满足我军对反坦克火力的新要求，而且，当时面对苏联陆续出现的T-62、T-64、T-72等新型主战坦克,军方迫切需要一种新型的能够击穿这些坦克的先进反坦克导弹系统。

考虑到我国当时薄弱的工业基础和有限的人力资源,不可能一蹴而就研制出国家急需的反坦克导弹。因此,有关部门审时度势,决定以从特殊渠道获得的苏联AT-3"耐火箱"型反坦克导弹为基础,仿制并改进生产一型适合我国国情的反坦克导弹。

这就是后来众所周知的"红箭-73"（又称AFT-73）型反坦克导弹。

标准型的"红箭-73"也属于第一代反坦克导弹,1971年开始研究设计,同AT-3"耐火箱"型反坦克导弹一样采用目视瞄准、跟踪、导线传输指令、手控制导方式,全弹重11.3千克,弹长0.84米,弹径0.12米,翼展0.349米,最大有效射程3000米,最小射程500米,最大飞行速度每秒120米,射速每分钟2枚,空心装药单锥型战斗部重2.5千克,破甲威力150毫米。

全系统分为战斗部舱和运载体舱两部分,平时分离装箱,发射时,射手可以离开发射架一定距离隐蔽起来,以防敌方从导弹发射位置来推算射手位置并进行攻击,或者采取措施干扰导弹飞行。

多少年来,时刻准备抗击入侵之敌的英雄战士,每当战备训练中抱起炸药包扑向"敌"坦克的时候,总希望手中的枪能奇迹般地变成反坦克炮。现在,一种新的步兵反坦克枪榴弹研制成功了。它有较好的破甲威力,重量比一枚手榴弹还轻，使用起来也很简便。这种步兵反坦克枪榴弹，是兰州部队某部军械股副股长唐朝明在有关单位和人员的协助下研制出来的。

1974年1月，唐朝明在反坦克技术革新会议上就下决心研制一种体积小、重量轻，不占编制，使用简便的反坦克枪榴弹，让每个步兵都能打敌人的"乌龟壳"。

1974年春节前夕，唐朝明决定不回家，设计草图。春节后第一天，他就把第一张草图交给部队领导，详细汇报了自己的设想。部队党委给了他热情的鼓励和支持。

唐朝明上过两年军械学校，弹药知识只学了70小时。唐朝明很清楚，靠这么一点知识，研制反坦克枪榴弹是不行的。怎么办？学！一天，他偶然遇到了20年前给他讲过课的老师。他喜出望外，立即从提包里掏出反坦克枪榴弹样品和草图，向老教授迎去。这天晚上，老教授和唐朝明促膝长谈，尽可能地解答了他的问题，并向他推荐了自己的一位弹药学专家老师，告诉他以后遇到困难，可以向这位专家请教。

唐朝明研制反坦克枪榴弹由构思、设计进入飞行稳定试验。试验对唐朝明来说并非易事。经历了200次失败后他仍不灰心。

1975年9月，唐朝明研制的反坦克枪榴弹取得了可喜的进展，能穿透150多毫米厚的钢板靶了，兰州部队负责同志鼓励唐朝明加油搞下去，领导机关还拨来研制经费，指示有关单位进行协作。鼓励、关心、支持，就像是扬帆的风，激励着唐朝明破浪前进。

经过 5 年时间，700 多次试验，反坦克枪榴弹终于研制出来了！

为了表彰唐朝明的刻苦钻研精神，唐朝明所在部队的师党委给他提前晋级，并报请一等功。

从最开始的 J-201、"红箭-73"、"红箭-8"，到后来的"红箭-9"，我国的反坦克导弹研制经历了从无到有的过程，也逐步赶上了世界反坦克导弹的先进水平。

可以毫不夸张地说，当时中国的反坦克导弹先进水平不输于世界上任何国家！

这些反坦克导弹的成功研制，大大改善了我国反坦克武器的落后面貌，也显著增强了我国的国土防御能力。

在上述导弹的研制基础上，中国已经开始研制更加先进的反坦克导弹。此后，"红箭-10"型也研制成功。

四、海南岛抗登陆演习

- 一天，工兵营正在组织全班进行布雷训练，忽听哨兵大喊："摔下来啦，伞兵摔下来啦！"

- 夜幕降临时，"蓝军"的照明弹一个接着一个地往天上直窜，探照灯也对着"红军"阵地前后左右一个劲地扫。

军委下达陆海空演习命令

1974年秋，奉中央军委命令，广州军区在海南岛陵水湾举行"广字四号"陆、海、空联合抗登陆演习。

海南岛陵水湾，背靠琼岛腹地，面临南中国海，地势平缓，易攻难守。1943年秋，日本侵略军在海南岛陵水湾大举登陆，从此蹂躏我美丽宝岛达两年之久。

前事不忘，后事之师。因此，中央军委决定在此进行军事演习。

演习预想：在空中、海上、滩头阵地以及内陆纵深组成立体交叉防线，坚决歼灭来犯之敌。演习目的：检验我陆、海、空三军抗登陆能力。

演习由当时的广州军区司令员许世友将军担任总指挥，中央军委副主席叶剑英元帅亲临指导，十大军区及各军兵种均派首长前来观摩。

当参加演习的千军万马从陆地、海上、空中四面八方向陵水湾集结时，位于海南岛陵水和三亚之间的两个宁静的边陲小镇藤桥和英州一时间军号震天、车鸣马喧，进入临战状态。

许世友1905年2月28日出生于河南省信阳市新县一个贫苦农民家庭里。少年时，他因家贫给武术师傅当杂役，后到少林寺学习武术。后参加农民革命运动，担任泗店区六乡农民自卫队队长，参加了镇压土豪劣绅和反击地主武装反扑的农民武装斗争。

1926 年 8 月，许世友在武汉国民革命军第一师第一团任连长时，接受革命思想，于当年 9 月参加了共产主义青年团，投身革命。

1928 年 8 月，在革命处于低潮时，转向中国共产党党员，并于当月返回家乡参加工农红军，同年 11 月参加了著名的黄麻起义，开始了在人民军队的漫长革命生涯。

新中国成立后，任山东军区司令员。1953 年 3 月，许世友赴朝参加抗美援朝战争，任中国人民志愿军第三兵团司令员。

许世友参与了当年的夏季反攻战役。这个战役在朝鲜金城地区突破敌人防线，促进了朝鲜停战的实现。他为此荣获朝鲜民主主义人民共和国一级国旗勋章，一级自由独立勋章。

归国后，许世友 1954 年 2 月任华东军区第二副司令员，10 月任中国人民解放军总参谋部副总参谋长。

中央军委把这次演习重任交给许世友，是对革命老兵的信任。

1974 年 9 月下旬的一天，刚吃完早饭，独立工兵营接到上级指示：

许世友上午 9 时左右前来你部视察。

传奇司令许世友爱兵如子，经常深入基层连队调查研究，同战士们一道摸爬滚打。为了保证演习的顺利进行，他刚从广州飞到海南，一开完演习预备会议，就一头扎进了各参演部队。

值班员立即吹响了紧急集合号，营长火速整理队伍，检查军容风纪：

全营都有啦，立——正！向右看——齐！向前——看！

说话间，许世友的北京越野吉普车卷着征尘已经开到营区大门。

营长跑步前去报告：

司令员同志，海南军区直属独立工兵营集合完毕，应到388人，实到378人，除公差勤务外全部到齐，请您指示！

"稍息！"许世友还礼后向部队走来。只见他头顶呢军帽，身着绿军装，足蹬麻草鞋，腰挎小手枪，紫黑脸庞，虎目生威，熊腰虎背，健步如飞，把随行的要员们一下甩出几丈远。

当时站在第一排一连三排八班班长有幸同许世友握了一次手，毕竟是少林寺里出来的，年过半百的许将军手劲依然大得出奇，八班长被捏得几乎叫出声来。

　　走到副指导员跟前，许世友亲切地问道："叫什么名字？哪里人？哪年入伍的？"

　　被许大将军的虎威所震撼，副指导员哆嗦了半天也没能答上一句话。

　　检阅完部队后，粗中有细的许世友让随行的参谋干事换下了值勤的哨兵和当厨的炊事员，以班为单位同战士们一起照了合影，这才满意地离去。

参演部队加紧演习前的训练

海南岛抗登陆演习是在一定的历史背景下举行的。

1974年初,美军开始撤出越南,越共趁机大举挥师南下,逼近南越首都西贡,即后来的胡志明市,越南战争已近尾声。此时,我国版图上的西沙永乐群岛仍然被南越伪军所盘踞。中央军委认为,现在如果不收复西沙,更待何时。

春节前夕,中国人民解放军海南军区直属独立工兵营接到上级命令:

三日内开往三亚榆林沿海集结待命,准备参加收复西沙永乐群岛自卫反击作战的配属行动。

经过40多天的艰苦奋战,我军按时完成了国防施工任务,搭乘万吨巨轮胜利返航。紧接着,中央军委下达演习命令。

海南军区直属独立工兵营亦奉命从驻地翡翠城通什开往三亚藤桥安营扎寨参加演习,任务是开辟通路、火箭布雷、快速开辟防坦克壕、布设防坦克三角锥等。

为确保演习成功,各参演部队在预演阶段摩拳擦掌,加紧操练。

扮演"蓝军"的广州军区敌后大队（特种兵大队前身）常在独立工兵营营区上空演练机降和跳伞。望着他们矫健的身影，这些地上的工兵很是羡慕。

一天，工兵营正在组织全班进行布雷训练，忽听哨兵大喊："摔下来啦，伞兵摔下来啦！"

大家抬眼望去，只见一伞兵伞包未开，正在垂直下坠，800米、500米、300米、100米……说时迟那时快，只听"嘡"的一声。"完啦！"大家绝望地闭上眼睛，为这个出师未捷身先死的伞兵弟兄默哀，然后甩下手中的反坦克地雷和工兵锹，发疯般地冲向出事地点。

跑去一看，结果虚惊一场。原来是敌后大队从飞机上丢下来用以测定风速的实心橡皮人。

为了演习成功，伞兵们抓紧训练……

一天下午，三排长组织全排到野外实施爆破训练，课目是每人实爆一块200克"梯恩梯"炸药。

"梯恩梯"是三硝基甲苯的简称，为当时军事上和工业上用量最大的猛炸药之一。生产"梯恩梯"的主要原料为甲苯、硝酸、硫酸和亚硫酸钠。

别看这东西只有肥皂般大小，威力却不亚于手榴弹，几个第一次参加实爆的新兵面面相觑，心里头直打鼓。

为稳定军心，排长带头做示范，他拿上炸药、雷管和导火索，大步跑向实爆场，拉燃导火索，迅速撤回掩体。10秒钟后，只听"啪"的一声，雷管响了，炸药没爆。

"哑炮！"几个班长不约而同冒出这个念头。

按操作规程，必须立即找到炸药，排除隐患。

排长马上带领全排前去搜寻，可大家展开拉网的姿势像篦头发似的来回折腾了几个小时，也不见这块"梯恩梯"的踪影。

这时，营区那边传来了晚餐的号声，排长擦了擦脸上的汗珠，让大家回去吃饭，自己和七班长留下来继续寻找。

突然，有人发现那块"梯恩梯"就在排长的左手上紧紧地捏着。原来他拉导火索时忙中出错，忘了将雷管插入炸药里。大伙儿的心终于放下来了，但排长的脸却涨得通红。

在电影屏幕上再现演习场面

为了真实地记录这次演习,八一电影制片厂派来了包括导演、摄影、道具、美工在内的摄制组,专门拍摄军事纪录片《"广字四号"抗登陆演习》。

根据拍摄总体方案,工兵营的4个演习课目全部要上镜头。正式演习的前一周,刚刚拍摄完"空中截击""海上拦阻""滩头抗敌""地毯式轰炸""打伞兵"等镜头的摄制组来到工兵营中,海南军区宣传队战士演员,理所当然地被点出来担任主要群众演员,参加拍摄。

八一厂的王导演颇具将帅风范,开拍前他挥舞着烟斗动员说:

> 这部片子拍好后,不仅毛泽东党中央要看,而且还要送给国际朋友们观摩,因此你们必须以严肃认真的态度完成好这次拍摄任务。

王导的一席话把满怀新鲜感的大家一下子弄得肃然起敬,深感肩上的责任重大。

"火箭布雷"和"快速开辟防坦克壕"比较好拍,摄影师拍完排山倒海式的"蓝军"水陆两栖坦克群后,把镜头摇向"红军"严阵以待的火箭布雷车及防坦克壕电点火爆破遥控阵地。

随着"发射"和"起爆"的命令,一班长和一名战士同时按下了发射器和起爆器,只听耳旁一阵"喀秋莎"式的轰鸣和远处旱天雷般的爆响,"蓝军"坦克群前刹那间出现一条不可逾越的壕沟,坦克群里顿时布满了成千上万颗反坦克地雷,"蓝军"坦克立刻陷入进退两难的绝境,随即遭到红军强大炮火的全面覆盖。

这一组镜头对抗两军配合默契,一气呵成,王导二话没说,一次通过。

为了烘托战场气氛,王导将开辟通路的镜头放在了傍晚。

"蓝军"抢滩登陆后,为接应后续部队,迅速在滩头构筑了防御工事,布设了鹿寨、铁丝网和雷场。

夜幕降临时,"蓝军"的照明弹一个接着一个地往天上直窜,探照灯也对着红军阵地前后左右一个劲地扫。战士们头戴伪装圈,身背冲锋枪,冒着"蓝军"密集的火力扑向鹿寨和铁丝网,拉开导火索后迅速后撤到安全地段。

爆破完毕后,王导让道具师在通路两旁点燃了凝固汽油,那个场面弄得战士们仿佛真的置身于战场,激动得热血沸腾。

战士们拿着探雷器,再一次沿着炸开的通路搜索前进,排除了雷场的地雷后,各自就地卧倒,同时顺过冲锋枪,对准"蓝军"阵地就是一梭子空包弹(演习用弹)。

此时，身后响起了嘹亮的冲锋号，"红军"反击部队从开辟的通路势不可挡地向"蓝军"阵地席卷而去……

最后一组镜头是"布设防坦克三角锥"，拍摄要求很简单，就是4个人将钢筋水泥预制的防坦克三角锥抬起来走10米，放在"蓝军"坦克必经之路即可。

为体现全民皆兵的精神，王导需要几个女兵协助拍摄。

营长说："这好办！"他马上给在附近一六二野战医院当护士长的爱人打了个电话，调来4个女护士，换上女民兵的服装参加拍摄。

全部镜头拍完后战士们依依不舍地向摄制组告别，王导许诺说："影片洗印出来后，优先发给演习部队观看。"

演习于10月下旬正式举行并以"红军"全歼登陆之敌而圆满结束，海南军区直属独立工兵营因表现突出受到演习指挥部通令嘉奖。

在我国进行军事演习的同时，针对苏联利用"缓和"假象加紧对欧洲南北两翼的威胁，北大西洋公约组织在西德和波罗的海等地举行了并将继续举行一系列军事演习。

西德《总汇报》说：

> 在西欧，1975年9月份将成为一个几乎前所未有过的演习月份。

据德意志通讯社报道，北大西洋公约组织在西德南部巴伐利亚地区举行了名为"大换位"的陆军大演习。

参加这次演习的有西德两个加强师、军团部队、预备部队和后勤部队，美国一个旅和加拿大坦克部队。法国也参加了演习。

在这次演习中出动了1.65万辆各种车辆和3000辆履带车，参加演习的部队近7万人。

与此同时，北大西洋公约组织成员国比利时、英国、加拿大、荷兰、美国和西德的空军还举行了名为"金火"的空军演习。

当时，美国国防部长詹姆斯·施莱辛格在加拿大访问时说，虽然存在着苏联轰炸机"入侵北美的危险，欧洲仍然是西方联盟和苏联之间关键性的接触点"。

他还强调指出，虽然苏联导弹有能力摧毁北美的任何目标，美国的军事计划人员对于欧洲的安全和苏联海军的集结感到更为关切。

面对苏联和西方国家的对峙与霸权，中国必须找到应对的方法。

五、 全军加强军事演练

- 战士们说:"训练场就是战场,我们要发扬连队英勇顽强的光荣传统,不完成任务不下山!"

- 战士们顶烈日,冒酷暑,给民兵们讲解武器的性能和操作要领,一个动作一个动作地教,一个人一个人地帮。

- 一位战士深有感触地说:"演练任务虽然累一点,但提高了我们的作战能力。这点苦和累算不了什么。"

济南部队抓紧进行军事训练

1972年3月26日,人民解放军济南部队某部遵照毛泽东关于"提高警惕,保卫祖国""备战、备荒、为人民"的指示,在不断加强思想和政治路线方面教育的过程中,广泛开展军事训练活动,进一步提高了政治素质和军事素质,全面加强了部队建设。

这个部队1971年在进行思想和政治路线方面的教育中,结合我军的光荣传统,认真学习毛泽东的建军思想和建军路线,使广大指战员进一步划清了两条军事路线的界线,提高了执行毛泽东建军路线的自觉性。

在当时,这个部队的干部、战士意气风发,斗志昂扬,在练兵场上、野营途中和各种训练场地,练思想,练作风,学战术,学技术,处处充满着生气勃勃、意气风发的战斗气氛。

在军事训练中,这个部队的各级领导干部认真学习毛泽东的军事思想,进行军事训练。

一年多来,他们重温了毛泽东的《中国革命战争的战略问题》《抗日游击战争的战略问题》《论持久战》《战争和战略问题》《集中优势兵力,各个歼灭敌人》《目前形势和我们的任务》等著作。

在学习中,他们经常带领部队到孟良崮、莱芜等当年歼灭过敌人的战场上，边学习毛泽东的战略战术思想，讲解克敌制胜的战例，边实地演练。

某部为了掌握毛泽东关于"集中优势兵力，各个歼灭敌人"的战术原则，带领部队到泰安县黄山脚下，请参加过黄山战斗的战士，介绍解放战争期间我军某部正确运用毛泽东这一战术原则，全歼国民党整编七十二师的战斗情景，然后就地进行演练，提高了指战员的战术技术水平。

在1971年一年多的军事训练中，这个部队广泛开展了野营训练。

他们在训练中，运用农村大课堂，利用革命老根据地的武装斗争史进行思想教育；利用野营路上，官兵之间、军民之间互相关心，互相爱护，共同学习，并肩战斗等生动事例，进行革命传统教育，进一步密切了官兵关系和军民关系。

同时，在野营训练中，他们还从实战需要出发，严格训练部队。这个部队有一个团在解放战争中曾取得十战十捷的出色战绩。

早在1947年清风店战斗中，全团一昼夜长途奔袭120公里，配合兄弟部队全歼国民党第三军，活捉敌军军长罗历戎。

在野营训练中，他们继承和发扬了我军英勇顽强的战斗作风，以革命前辈为榜样，在长途行军中苦练各种作战本领。

有一次，这个团正在长途行军，突然天气变化，风雪夹着雨点迎面而来。

团党委认为这正是训练部队的好机会，决定冒风雪加速前进。雨雪湿透了棉衣，但指战员精神抖擞，连续行军45公里，没有一个人掉队。

还有一次，他们行军来到海拔1000多米的徂徕山下。徂徕山主峰太平顶到处是悬崖峭壁，坡陡路险，只有一条15公里多的羊肠小路盘旋而上。

为了提高部队山地行军和作战的本领，党委决定冒风雪攀上主峰。

翻山那天，全团干部、战士背着装备器材，迎风冒雪，爬过山峰，锻炼了部队一不怕苦、二不怕死的革命精神。由于野营训练紧密结合实战需要，练习各种作战本领，部队战斗力得到全面提高。

这个部队在军事演练中，发扬我军的练兵传统，大力开展军事民主，认真贯彻群众路线，广泛实行"官教兵，兵教官，兵教兵"的练兵方法。

他们把军事训练的指导思想、方针、原则交给群众，结合连队的实际情况，发动战士认真讨论，制订出切实可行的训练方案。

实施过程中，各级领导干部又深入现场，讲传统，带作风，并虚心听取战士的意见，不断改进对军事训练的领导方法。

某团三机连在群众性的互教互学练兵运动中，做到领导和群众相结合，老战士与新战士相结合，基础好的与基础差的战士相结合，干部战士互相学习，共同提高，取得了很好的成绩。

由于充分发扬军事民主，大大调动了指战员的练兵积极性。这个部队广大指战员决心在不断加强思想教育的基础上，更好地加强军事训练，全面提高战斗力，为保卫祖国作出了贡献。

北京部队开展各式军事演练

1972年6月10日，人民解放军北京部队某部"松骨峰战斗特功英雄连"，紧密结合连队军事训练，大力开展群众性的体育活动，使干部战士的体质不断增强，全连的军事训练成绩稳步上升，还培养了勇敢果断、机智灵活的战斗作风，有力地提高了连队的军事素质。

这个连队具有开展军事体育活动的光荣传统。早在1949年渡江战役前夕的敌前大练兵中，全连指战员在党支部领导下，大力开展游泳泅渡和武装越野等军事训练活动，终于胜利完成了渡江先遣队的战斗任务，获得了"踏破长江英雄连"的光荣称号。

特功英雄连的党支部一向认为，开展体育活动是提高部队战斗力的一个重要途径。他们把体育活动作为军事训练的重要项目，根据干部战士体质的差别和军事技术的水平，实行分组编队，由简到繁、由易到难、循序渐进地开展体育活动，使人人都能在适合自身条件的体育活动中得到锻炼。

在开展群众性体育活动中，连队党支部特别强调干部要以身作则，积极参加各项体育活动。指导员孙永平不管工作多忙，总是和战士一起在训练场上练习，还给战士们做示范、讲要领，对全连开展体育活动起了很好的推动作用。

这个连队在开展体育活动中，紧紧围绕着军事训练的内容来科学地安排体育科目，既使体育活动形式多样化，又达到了体育活动为提高军事素质服务的目的。

在战术训练时，他们为了锻炼大家机动灵活、勇猛顽强的战斗作风，就在训练中安排了跳木马、超越障碍等军事体育科目。

在射击、投弹训练时，他们在训练前安排了单杠、拔河等体育活动，经过一段时间的刻苦锻炼，战士们的臂力显著增强，保证了射击训练任务的完成。

北京部队某团结合部队任务采取多种形式协助地方对民兵进行政治教育和军事训练，干部、战士虚心向地方学习，促进了部队的革命化建设。

人民解放军北京部队某团党委，在抓紧部队建设的同时，大力协助地方抓好民兵建设。几年来，这个团先后协助地方训练了3万多名民兵，使这些民兵进一步提高了政治觉悟，掌握了一定的战术、技术，有力地促进了地方民兵工作的落实。在帮助地方搞好民兵工作过程中，团党委还带领干部、战士虚心向地方学习，促进了部队的革命化建设。

当时，这个团的党委经常组织干部、战士认真学习毛泽东的建军路线，学习毛泽东的人民战争思想，回顾战争年代民兵协同部队作战所起的重大作用，提高了对搞好民兵工作重要意义的认识。

大家把协助地方搞好民兵建设列入部队工作的议事日程，并确定一名团党委委员负责民兵工作，并在团机关和各连成立了协助地方训练民兵的组织，经常结合部队的任务，采取多种形式，协助地方对民兵进行政治教育和军事训练。

当部队在生产基地参加生产时，这个团就采取就近定点、分片包干的办法，营负责一个公社，连负责一个大队，经常派出干部、战士，在当地党委和人民武装部门的统一领导下，对民兵进行教育和训练。教育和训练的对象主要是民兵的骨干。对驻地附近的民兵骨干，还分期分批地吸收到连队来，和战士一起出操上课，进行短期轮训；离驻地较远的单位，就派出干部和有任教能力的战士去举办民兵骨干训练班。在训练中，干部、战士们热情地给民兵上政治课和军事课，耐心地示范、讲解军事技术，深受民兵的赞扬。

部队在进行野营演习时，也把协助地方训练民兵列入野营训练的计划。在长途行军中，各连的民兵工作小组每天和宿营小组一道提前出发，到达宿营地后，就和当地党组织和民兵组织联系，利用早晚时间，给民兵上政治课，帮助民兵练习军事技术。

部队进行战术演习时也组织当地民兵参加，进行军民合练。这样做，有效地帮助民兵增强了战备观念，提高了民兵的战术、技术水平。

这个团的干部、战士在帮助地方做好民兵工作的同时，非常注意学习人民群众的好思想、好作风、好经验，加速了部队的革命化建设。这个团的特务连党支部在协助当地农具厂加强民兵工作时，虚心学习这个厂党支部坚持集体领导，充分发挥党员的先锋模范作用，年年超额完成任务的先进事迹，进一步加强了连队党支部的建设，使连队工作越做越好。

在1971年野营演习时，这个团的某营三连来到了一个村子里，了解到这个村的民兵指导员——一位在战争年代失去双腿的残疾军人，多年来坚持带领民兵挖地道，把这个村建设成了能藏、能打、能攻、能守的战斗堡垒的先进事迹。

三连请这位民兵指导员给部队作报告。在这位残疾军人的精神鼓舞下，全连的干部、战士进一步提高了战备观念，发扬了英雄主义精神，圆满地完成了野营训练任务。

昆明等部队总结演习经验

1972年7月27日，人民解放军昆明部队某部三连党支部在军事演习中，注意总结和推广先进典型，推动训练工作，收到良好效果。

这个连的炮班在军事演练中目的明确，方法得当，取得了显著成绩，党支部准备向全连推广他们的经验。在讨论中，大部分战士都说炮班的经验很好，认为支部通过抓典型来指导全面，使大家学有方向，赶有目标。

通过这件事情的讨论，大家统一了认识，三连党支部更加注意尊重群众的首创精神，深入实际，不断发现和总结群众中的先进经验。

有一个时期，连队在射击训练中，训练的方法有些单调枯燥，效果不怎么好。党支部书记、指导员金联春便和战士们一起到野外进行射击训练，亲自了解情况。

他发现八班战士储来富平时认真学习毛泽东著作，在训练中，他有那么一股一不怕苦、二不怕死的革命精神，同时注意钻研问题，肯动脑筋，摸索出一些科学的练兵方法，使射击成绩不断提高，7次实弹射击一直保持优秀成绩。

指导员金联春总结了储来富的经验，及时向全连作了介绍，射击训练生动活泼地开展起来。从1971年10月以来，三连党支部先后总结和推广了刺杀、投弹、武装泅渡等 10 多个先进典型，有力地推动了军事训练工作的开展。

人民解放军沈阳部队某部三营炮连，以批修整风为纲，加强思想和政治路线方面的教育，推动军事训练取得了优秀成绩。这个连队参加 1972 年度训练考核时，4 项炮兵专业课目的成绩都很好。

三营炮连的党支部经常结合军事训练实际，组织全连干部战士认真学习毛泽东有关正确处理政治和军事关系的论述，不断激发大家为保卫祖国而苦练军事技术的热情。

连队的政治干部和军事干部团结一致，密切配合，在工作中坚持政治和军事的统一。

指导员王魁元为了做好军事训练中的思想政治工作，认真学习军事技术。

1971 年 6 月，连长回乡探亲后，王魁元积极把全连的军、政工作一齐抓起来，和其他干部一起，把军事训练搞得热气腾腾，受到战士们的赞扬。战士们自觉严格训练、严格要求，努力提高军事技术水平。

一班三炮手周继学体力较弱，挖炮盘坑时往往落在后边。为了适应实战要求，他每天坚持到野外去练习挖炮盘坑，增强体质，熟练技术。经过刻苦锻炼，他终于达到了规定的要求。

炮兵的技术性较强，少数文化程度低的战士在训练中遇到了一些困难。党支部就引导大家认真学习《实践论》，用"实践第一"的观点来指导军事训练。

瞄准手宋可泉文化程度不高，参军后一直在外面执行任务，军事技术基础较差。为了掌握比较复杂的瞄准技术，在党支部的引导下，他认真学习有关实践出真知的教导，自己制作了一个代用的瞄准器，带在身边经常练习，并且虚心向同志们请教。

经过反复实践，宋可泉很快成了熟练的瞄准手，在几次考核中都取得了优秀成绩。

三营炮连的干部战士经过开展各种演习，牢固树立"群众是真正的英雄"的观点，在训练中认真实行"官教兵，兵教官，兵教兵"的传统练兵方法。

他们依靠群众做好训练中的思想政治工作，发动群众解决训练中的难点。例如瞄准规律不容易掌握，瞄准的精度不容易正确检验，党支部就发动全连群策群力想办法突破这些难点。

三排的干部战士经过 3 个星期的摸索，革新成功一种简便适用的器械，能够正确地检查瞄准手在操炮时的瞄准情况。

党支部在全连推广了三排的经验，对大家提高瞄准技术帮助很大。三排在 1971 年的年终考核中，每门炮都是首发命中，各个班的成绩都是优秀。

北京部队某师广大战士以饱满的政治热情，苦练杀敌本领，进一步提高了战斗力。

指战员们朝气蓬勃，整个部队的政治素质和军事素质有了显著提高。一年来，这个师深入开展批修整风运动，各级干部深入连队，向战士忆传统，讲路线，划清两条军事路线的界限，正确地处理政治和军事的关系，提高了执行毛泽东建军路线的自觉性。

这个部队有个团在1947年11月解放石家庄战役中，担任主攻任务。这个团的团长向连队干部、战士讲起当时战斗的经过，大家都深受教育。

这个团在战争环境下，能够抓紧一切时机，全面地加强思想政治工作和军事训练工作，他们利用战前时机，掀起群众性的练兵热潮；到了火线又广泛开展军事民主，集中群众智慧，制订攻城方案；战斗打响后，仅用了6分钟就打开了突破口，为攻城开辟了道路，荣获"大功团"称号。

指战员们联系过去的战斗经历，都表示要继承和发扬我军的光荣传统，掀起练兵热潮，提高部队的政治素质和军事素质。师党委委员、副参谋长郭恩志，是特等功臣，一级战斗英雄。

在抗美援朝的铁原阻击战中，他曾带领一个连巧妙地组织兵力，灵活运用战术，同美国侵略者激战6昼夜，歼敌800多。

在军事演练中，他经常深入连队，给基层干部和战士讲自己带兵打仗的经验，并根据连队干部的实际情况进行传、帮、带，帮助基层干部搞好军事训练。

许多基层干部通过实践，提高了战术技术水平和组织指挥能力。这个部队有将近50%的营、连干部参加教导队，比较系统地学习了军事著作，研究了我军的一些传统战法。他们还实地演练了如何用军事思想组织部队训练和打仗。经过学习，学员们都有很大提高，一些基础比较差的干部成了较好的指挥员。

广大战士以饱满的情绪，冬练三九，夏练三伏，为保卫祖国苦练杀敌本领。夏天，他们顶着烈日，反复学习战术、技术；冬天，他们冒着零下二三十度的严寒，翻高山，过冰河，锻炼野外作战能力。通过严格的训练，战士们朝气蓬勃，战斗力进一步提高。

1973年，全师所有连队的实弹射击都取得优异成绩，手榴弹投远提高到新的水平，刺杀基本动作准确、勇猛、熟练。连队里涌现出大批"铁脚板""夜老虎""神枪手"。

某团七连训练时，坚持从基本知识学起，从基本功练起，各种课目成绩都很出色。

一次，全连人员顶风冒雪、昼夜兼程75公里，无一人掉队；4次射击考试，成绩都是优秀。他们在一次作200米无依托射击表演时，事前未通知，连队无准备，拉上射击场后举枪就打，成绩还是优秀。通信、侦察、防化、工兵等各种专业分队的技术，也上升到一个新的水平。曾荣立集体二等功的师直渡河连，对技术精益求精，在天气寒冷的情况下，架一座50米长的浮桥，时间由原来的21分钟，缩短到8分45秒。

当时，这个师的指战员树立常备不懈思想，掀起了冬季训练高潮。从连队到机关，从战斗分队到后勤保障单位，到处都是一片热气腾腾的练兵景象。

人民解放军福州部队某团党委深入进行路线教育，推动了全团军事训练。1972年年终考核，全团各项训练课目都取得了优秀成绩，部队战斗力得到了全面提高。

1972年年初，这个团的军事演练全面展开后，团党委坚持组织指战员学习党在社会主义历史阶段的基本路线。在训练中，党委成员分头深入到连队和练兵场，针对训练中碰到的问题，全团上下，方向明确，斗志昂扬，练兵热情越来越高。

战争年代屡建战功荣获"攻如猛虎守如泰山"奖旗的八连，在山区进行战术演习时，正遇上连绵阴雨，给训练带来很大困难。战士们说："训练场就是战场，我们要发扬连队英勇顽强的光荣传统，不完成任务不下山！"

他们从严要求，坚持完成了各项训练课目。

九连担负着繁重的生产任务，指战员们不怕疲劳，一面生产，一面就地开展训练活动。他们把靶子插在田头、地边，有空就练；白天劳动，夜间还抽空训练，出色地完成了生产和训练任务。

许多干部为了提高组织指挥能力，在训练中认真学习军事著作，认真改进教学方案。

四连连长过去多次担任射击教员，有丰富的教学经验，但他仍然虚心向干部战士学习，不断改进射击教学。

九连六班长为提高投弹成绩，有空就练投弹。胳膊肿了一次又一次，仍然坚持不懈，投弹成绩迅速提高，被大家誉为连队的"小钢炮"。

这个团由于在军事训练中坚持以批修整风为纲，推动了训练任务的完成。全团从机关到连队，从干部到战士，军事技术水平都有显著提高，全团5次实弹射击，都取得了优秀成绩。

团党委总结了1972年的演练经验，决心在新的一年里，更好地推动军事训练。

沈阳等地狠抓民兵军事训练

1973年10月17日,沈阳市各级党组织认真总结民兵工作经验,进一步加强以产业工人为主体的城市民兵建设,努力做好反侵略战争的准备。

沈阳是中国工业基地之一,工业人口比较集中。当时全市以产业工人为主体的民兵队伍已发展到100多万人。

为了让这支民兵队伍更加茁壮成长,全市各级党组织都把加强民兵建设作为一项重要工作来抓。有的党委一、二把手亲自抓民兵工作,经常深入基层调查研究,总结党管武装、搞好民兵工作"三落实"的经验。

有的党委主要成员亲自给民兵讲毛泽东的人民战争思想,辅导民兵学习毛泽东的军事著作。沈阳重型机械厂党委主要成员经常深入车间班组,一面抓生产,一面做民兵工作。1972年,这个厂的民兵进行了5次野营训练,每次都有党委成员带队指挥。辽宁大学党委从1972年以来,8次召开党委会,专门研究民兵工作,并且制订了学生在学习期间的训练规划。

"思想上政治上的路线正确与否是决定一切的。"沈阳市各级党组织在加强民兵建设的过程中,坚持把路线教育作为头等大事来抓,经常对广大民兵进行党的基本路线和战备形势教育。

市委军事部门每年都利用节日和纪念毛泽东关于"大办民兵师"指示发表的日子,举行路线教育会和形势报告会,组织民兵认真学习毛泽东的有关思想。

沈阳铸造厂等许多工矿企业的党委和民兵组织,还利用民兵活动日,举办"打倒新沙皇"的图片展览,或把民兵带到解放战争时期的战场上,讲传统,不断提高大家的阶级斗争、路线斗争觉悟,增强战备观念。

沈阳市各级党组织对民兵的军事训练也抓得很紧。1972年到1973年,全市举办了9期教导队,37期各种军事技术训练班,培训了各种骨干6000多名。各厂矿企业的党组织,针对城市工业集中、生产任务重的特点,认真贯彻劳武结合的原则,一面搞生产,一面加强军事训练。冶炼厂民兵师根据本厂生产有连续性、均衡性的情况,采取小型、分散的办法,利用班前、班后开展高炮训练活动,坚持不懈,收到了较好的效果。

当时,全厂有18个高炮班参加实弹射击考核,15个班取得优秀成绩,3个班取得良好成绩。水泥瓦厂民兵利用本厂生产条件制作地雷,广泛开展爆破训练。

几年来,全厂自制地雷100多个,进行了100多次爆破训练,使所有民兵都比较熟练地掌握了埋雷、排雷、爆破等技术。

沈阳医学院民兵,结合医疗实际练习战地抢救伤员、护理、包扎、止血等科目。沈阳化工厂民兵结合生产进行防化学训练，使广大民兵学会了防原子、防化学的一些基本知识。全市有 40 多万民兵参加了射击、投弹、刺杀、爆破等基本技术训练，有 27 万民兵参加了野营训练，7.6 万多名民兵参加了轻武器实弹射击，取得了良好的成绩。

当时，驻防各地的人民解放军许多部队在当地党委的统一领导下，积极协助驻地社队加强民兵建设，促进了各地民兵工作的开展。

北京部队某部党委，把做好民兵工作列入部队工作的议事日程，经常研究，定期检查。具体负责民兵工作的党委委员经常带领民兵工作小组，深入驻地社队了解民兵建设的情况，总结民兵工作的经验，遇到问题和困难，及时帮助解决，做到了主动配合，密切协作。

一年多来，他们在驻地党委的领导下，召开了 5 次现场会和经验交流会，总结出了 20 多份加强民兵建设的经验，推动了民兵工作不断发展。

济南部队某部五连，几年如一日，和驻地 20 多个民兵连开展互帮互学活动，使这些民兵连做到了组织健全，活动经常，政治教育和军事训练计划落实，先后有两个民兵连荣立了集体三等功，8 个民兵连受到省、地、县和公社的表扬。五连指战员由于在民兵工作上做出了突出成绩，荣立了集体三等功。

在帮助驻地社队搞好民兵建设的过程中，许多部队都把对民兵进行思想和政治路线方面的教育摆在首位。

福建前线某部把黄厝民兵连当做自己的连队带，把民兵当做自己的战友帮，经常与民兵连的干部和民兵一道学路线，学传统，使这个民兵工作的先进单位更加朝气蓬勃。

驻守在祖国边防、海防前哨的许多部队，还经常结合形势任务，采取多种形式，帮助驻地民兵开展军事训练。在东北边防前哨，驻军某部经常派出干部战士向驻地民兵作训练表演，介绍经验，传授技术，有时还把民兵们请到连队一起进行训练。

在海防前哨的某小岛上，某部三连指战员经常和岛上的民兵一起苦练杀敌本领。战士们顶烈日，冒酷暑，给民兵们讲解武器的性能和操作要领，一个动作一个动作地教，一个人一个人地帮。

民兵们在战士的帮助下很快掌握了射击技术，实弹射击取得了优秀成绩。在祖国北部边疆，某部一连指战员和驻地民兵一起训练，并肩战斗，军民团结，进一步加强了祖国边防的守备力量。

襄阳特功团进行山区演习

1975年8月15日,人民解放军南京部队某部"襄阳特功团"指战员,抓理论学习,促军事训练,政治思想觉悟和军事技术水平进一步提高。

"襄阳特功团"是一支在抗日战争烽火中成长起来的英雄团队。

在"百团大战"中,全团官兵在河北狼牙山与日伪军展开了激烈战斗,彻底粉碎了敌人围攻,也铸就了敢打必胜、一往无前的"亮剑"精神。

1948年7月,在著名的湖北襄阳战役中,全团官兵勇猛顽强,连续作战,刀劈三关,先后攻占琵琶山、拿下真武门、攻下襄阳西门,全歼城内守敌,并活捉了国民党中央常委、特务头子康泽,取得了襄阳战役的圆满胜利。

此后,这个团被中原军区授予"襄阳特功团"光荣称号,在团史上写下了辉煌的一页。

在保家卫国的朝鲜战场上,这个团再立新功,该团六连荣获"一等功臣连队"的称号;该团勇士杨春增被志愿军总部授予一级战斗英雄称号。

20世纪70年代,"襄阳特功团"为了保卫祖国,积极在山区进行军事演习,力争在社会主义建设时期为国家建设作出新的贡献。当时,训练课目多,时间比较紧。

党委成员带领机关干部深入连队调查研究,先后召开了5次经验交流会,推广了8个连队抓理论学习,促军事训练的典型经验,推动全团的学习运动不断深入发展,大大激发了为革命练兵的热情。

干部、战士把搞好每一个课目的训练同巩固国防的任务紧密联系起来,坚持严格训练,严格要求。

这个团的一连训练野战课目时,正值夏天,烈日当头,比较艰苦。

干部、战士发扬吃大苦、耐大劳的革命精神,把训练场当战场,每人身背几十斤重的枪支弹药,连续翻越几个山头,经过训练,思想作风和作战技能都有了明显提高。

一位战士深有感触地说:

演练任务虽然累一点,但提高了我们的作战能力。这点苦和累算不了什么。

三连战士肖龙苏,原来射击技术比较好,曾经为南京部队军事训练现场会作过表演。

在这次训练中,他给自己提出了更高的要求,主动到兄弟连队取经,研究在不同地形不同情况下的射击规律,并抓紧时间苦练,又进一步提高了射击技术水平,他当年的射击又取得了好成绩。

通过学习，这个团的干部、战士更加团结一心，积极为练好兵出主意、想办法。训练场上，宿舍区内，干部、战士经常在一起研究解决训练中的难点。

当年上半年，全团革新和自制了训练器材 14 种，共 4400 多件。这个团的四班在抗美援朝战场上，曾经炸毁敌坦克 18 辆，荣获"二级反坦克英雄班"的称号。

他们学理论、忆传统，人人以主人翁姿态为搞好训练献计献策，摸索符合实战要求的班进攻战斗方案，促进了全团的军事训练。

这个团的三连指战员针对训练中遇到的问题，一边学习毛泽东的军事著作，一边研究解决的办法，提出了 70 多条改进训练的好办法，这些办法运用到训练中都收到了好的效果。

在学理论、促训练的过程中，这个团的党委"一班人"除留一人在机关处理日常工作外，其他成员都带上背包蹲在连队，白天和战士一起出操、上课，晚上和大家一起学习无产阶级专政理论。

党委常委、副团长臧敦廉是 1946 年入伍的老同志，当年上半年就有 4 个多月在连队和战士们一起摸爬滚打，对年轻的干部亲自进行传帮带，帮助他们较快地提高领导水平。

三连在军事训练中注意思想政治工作，充分调动干部、战士的练兵积极性。

臧敦廉及时帮助他们总结经验，召开现场会议，有力地推动了全团训练场上思想政治工作的开展,使训练搞得热火朝天。

1972年到1975年,中国解放军各部队进行的军事演练大大提高了军队的战斗能力,使军队的现代化建设提高到了一个新的水平。

本书主要参考资料

《共和国军队回眸》杨贵华 陈传刚编著 军事科学出版社
《走向现代化的人民军队》黄宏 卫华主编 人民出版社
《军事演习指南》景慎祜著 黄河出版社
《中国足音》周日新 倪先平著 北京航空航天大学出版社
《光荣记忆——精兵之路》《光荣记忆：中国人民解放军征程亲历记》编委会编 解放军出版社
《122个国家军事演习内幕》李庆山著 中共党史出版社
《中南海三代领导集体与共和国军事实录》蒋建农主编 中国经济出版社